Les Méta-Orphoses

Personne Novel

ISBN : 978-2-9582338-0-8

À tous ceux qui nous ont réprimé, sans eux, je n'aurais sûrement pas eu envie de nous détacher pour nous libérer.

TABLE DES MATIÈRES

« Souri » s'écrit avec un E à la fin. Une sourie.
« Cauchemar » s'écrit avec un D à la fin. Un cauchemard.
« Fourmi » s'écrit avec un E, une fourmie.
Pikachu® a le bout de la queue noir,
Le personnage du Monopoly® porte un monocle,
Et pour Mandela, je ne sais pas.

Je suis dans cette univers en aillant conscience d'y être, je
sais que je suis de passage, contemplative. Je suis ici sans y
être vraiment. Je ne reste pas. Je ne sais pas encore
exactement d'où est-ce que je viens, ni pourquoi je me
déplace.
L'essence résiduelle des émotions altère une position de
l'espace, ce qui engendre un passage, comme une matière
spongieuse entre les univers, vers lesquels il devient
possible de passer.

L'eau est un élément canalisateur qui concentre, à l'état
pur, les volutes émotionnelles qui entourent un être.

Le code est inscrit dans ces pages, mais pas la clée.

1

Pendant un millier d'années, je suis restée dans un univers où ne semblait exister que la souffrance, le froid et la solitude.

Je ressentais les tourments de l'arrachement des deux petits êtres issus de mon ventre (2). Je les entendais la nuit, je les entendais m'appeler, je me levais en sursaut à moitié endormie, et quand je réalisais, j'étais déjà debout, seule au milieu d'un sombre couloir. Mes enfants n'étaient pas là. Ils étaient ailleurs, enfermés dans le noir, par un monstre qui les gardait prisonniers, pour me punir.

Il n'y avait plus personne ici. Plus rien ni personne.

Il n'y avait pas que l'absence (0) qui me torturait, la culpabilité me rongeait de l'intérieur, insidieusement, la nuit comme le jour. De manière justifiée la plupart du temps, de façon excessive la majorité de l'autre temps.
Impossible d'accepter l'idée de ne pouvoir changer le passé, impossible de prendre des décisions adaptées parce que, submergée par ces événements d'un autre temps, événements qui avaient pourtant fini par disparaître, mais qui restaient me hanter malgré tout, encore et encore. Une

torture irrationnelle et intemporelle, sans fin, sans but. Juste de quoi nourrir une chronique souffrance, devenue tourments de chaque instant.

Je ne sais pas pourquoi j'ai mis autant d'années à m'en libérer, je ne sais pas pourquoi j'ai continué à nourrir cette douleur faite de culpabilité, si profonde, que finalement, elle en était devenue une compagne de vie.

À tel point que je pense en avoir intégré une partie en moi, de cette culpabilité, malgré tous mes changements, toutes mes Méta-Orphoses, elle était toujours là, tapie, prête à surgir au moindre relâchement, dans le moindre silence trop fragile, comme une guerrière acharnée, bien décidée à ne jamais laisser vaincre la sérénité.

Il y a des instants passés si fortement ancrés dans mon présent que je les revis chaque jour, encore et encore, parfois même, je les vois se dessiner dans mes lendemains. J'ai tellement de choses contre lesquelles je dois lutter à l'intérieur de moi, dans cet univers passé, dont il m'est si difficile de m'extraire, que bien trop souvent, je n'ai plus ni l'envie ni la force d'avancer. J'ai reproduit trop souvent les mêmes erreurs pour avoir réellement compris le sens de certaines choses.

Après avoir réussi à m'extraire de la tourbe, je suis restée plusieurs années à errer dans un brouillard avilissant, prête à ramasser n'importe quelle miette qui ressemblerait un tant soit peu à de l'amour, de près ou de loin, mais surtout de loin, voire de très loin. Mais je n'avais pas la notion des distances à ce moment-là. Et je pensais que ça s'appelait la liberté.

Ensuite je me suis laissé enfermer dans une cage, plus rouillée que dorée, mais je ne savais pas faire la différence, dans tous les cas une cage reste une cage. Mais je croyais que je m'étais enfin libérée de moi-même, alors j'ai accepté.

Quand j'ai enfin eu la force de me libérer vraiment, la punition a été la souffrance infligée à mes enfants, leurs souffrances, l'injustice, et encore la souffrance, qui m'ont totalement dépecées. Alors je suis retournée dans le brouillard avilissant.

Ce brouillard était extrêmement toxique, mais au moins je savais à quoi m'attendre, ce qui m'apportait un peu de rassurance et beaucoup d'oublis, dans cette boucle qui m'a écorché vive.

J'ai trouvé des branches auxquelles me raccrocher, elles étaient juste très bancales. Je ne sais pas dans quelle mesure, mais une chose est sûre : elles m'ont permis de survivre, de ne pas tomber en chute libre et de tout abandonner. Lâchement.

Puis, de tempêtes en tourments, j'ai fini par atteindre une île salvatrice, calme, et apaisante. J'ai pu y reposer mes enfants un temps, pour qu'il apprenne enfin à marcher sur la terre ferme. Puis, la terre ferme s'est fissurée, fragilisée, elle est devenue faible et louvoyante. Pour m'en sortir j'ai construit un radeau de bric et de broc, espoir, assurance, encore trop de colère, encore trop bancale, alors que je m'imaginais pouvoir me déplacer en vaisseau spatial, je me suis encore retrouvée à naviguer sur un radeau de fortune aves mes deux enfants, de nouveau plongés dans la tourmente.

J'ai perdu la force qui m'a accompagné pendant des années. J'ai perdu ma colère aussi. Je ne sais pas si elles sont la même chose, je me demande si je n'ai pas confondu, si je n'ai pas pris ma colère pour une force. Ça expliquerait en partie pourquoi je me suis autant trompée. Je ne marchais pas dans le bon sens tout simplement. Je n'alignais pas les bons maux, je n'ouvrais pas les bonnes portes.

Je suis sortie d'une grotte pour aller m'enfermer dans une tour peuplée d'ombres, une tour si haute que même la solitude ne m'y a pas suivi. J'ai tellement fui le passé, que j'ai réussi à me convaincre qu'il n'existait pas.

Quand je regardais en bas, je pouvais observer le reste du monde, j'y voyais des êtres qui m'étaient semblables et pourtant si différents. Plus je voyais la légèreté de leur vie, plus je sentais la lourdeur de la mienne, je me sentais totalement dépassée par ce qu'ils étaient, tous ces autres.

Alors j'ai muré l'entrée de la tour pour m'y cloîtrer, persuadée de pouvoir me protéger de cette manière. Il ne restait plus que le silence, un silence froid, pesant, profond. J'ai fini par me demander s'il existait vraiment une vie hors de la tour silencieuse et immobile.

Je tremblais parce que j'avais peur et parce que le vide immuable qui m'entourait me transperçait. Parfois, c'était si douloureux que je devais m'anesthésier pour ne pas me noyer.

J'ai pu sentir le temps tout contre moi, à rester seule si longtemps, il est devenu palpable, tellement présent, comme le silence est devenu trop bruyant et envahissant, presque suffocant.

Un soir, je n'ai pas eu envie d'allumer la lumière, car je ne voulais pas voir la réalité des choses.
J'ai fermé mes yeux pour que la nuit ne se fasse pas qu'autour de moi, je la voulais à l'intérieur aussi.
Je devais savoir ce qui me rongeait véritablement, je devais retrouver l'origine de mes douleurs, je voulais voir ce qui générait mes peurs. Je devais savoir ce qui m'empêchait de vivre. Je voulais savoir pourquoi je survivais depuis si longtemps. Alors j'ai décidé d'aller voir au-delà de ce qui m'entourait, au-delà de ce que je croyais être, je suis retournée au commencement, j'ai repris le chemin qui m'avait conduit dans cette tour. J'ai eu besoin de comprendre comment j'en étais arrivée là, pourquoi je me suis choisi ce chemin de vie. Est-ce que c'était une chance ou une malédiction ?

Perdue, aveuglée, hantée par la douleur, je me suis inhalée dans l'absence de matière. Parce qu'il est des noirs si profonds que même la matière n'y a plus prise et qu'il n'est alors plus possible que de rester suspendu au-dessus du néant.

Je ne ressens plus rien, le temps s'est ralenti, ou plutôt l'espace-temps s'est divisé.

Je suis une onde, je vibre. Je suis une onde vibratoire. J'évolue, je me modifie, mes vibrations émettent un son, je suis une onde sonore. Je me déplace, j'évolue, je change, je grandis, je rétrécis, je peux m'élargir, ou me réduire autant que je le souhaite. Je suis l'immensité et la finité, je suis le temps et l'espace, je suis l'univers, la matière et l'antimatière, je suis ce Tout infini qui est.
Je voyage, je me déplace sans cesse. Je suis toute et puissante, je traverse et remue ce qui est. Je peux être infini, je me réduis, je me propage, je suis une langue, un langage, je suis le langage primaire, je deviens un chant, je suis le chant qui maintient l'équilibre de l'univers, je suis le lien entre les liens. Je deviens.

Des fibres énergétiques, comme des tentacules qui se délient de mon état émotionnel pour se joindre à ce qui m'entoure, s'y intègrent si complètement, je le ressens si pleinement, si intensément, je suis dans un état de béatitude absolue, je suis en contemplation et je suis ce que je contemple, je ne fais qu'un avec la matière, je suis ma propre matrice.

Je prends conscience de mon existence dans un espace vide et plein à la fois, un espace infini et condensé, un espace où la couleur n'existe pas encore.
Je ne sais pas ce que je suis. J'existe. Ce qui m'entoure se transforme, évolue. Je perçois de l'eau, de l'eau liquide, de l'eau sous forme de cristal liquide, de l'eau vaporeuse et de l'eau gazeuse. De ces quatre états de l'eau naît l'effeuillage des mondes. L'énergie physique, organique, spirituelle. La matière physique, organique, spirituelle.
Je vois au loin, l'avenir des mondes en train de se former.

Je deviens à la fois ce rocher que j'observe, et l'écume qui vient s'y briser, je suis le vent et le ciel, le nuage et la pluie, je suis les éléments de ce Tout si parfaitement unifié.

Je ressens l'eau qui me compose, je sens déjà mes émotions aux prises avec les éléments, se mélanger au paysage, mes espoirs brisés s'évaporer dans l'humidité du sable, la puissance de mes rêves dans la force des vagues, mes chagrins voler dans les embruns, mes douleurs noyées dans les cavités de la roche. Quelle merveilleuse et puissante intensité, je sens mon corps se disperser pour s'unifier, le retour à l'union absolue, l'unité du Tout. Je m'étends au-delà de l'espace et du temps.

Je me transforme, j'évolue, je me déplace et je choisis de devenir organique. Tout se déroule très vite et très lentement à la fois.

Je me forme un corps très long. Je génère depuis mon torse un univers fait d'ondes, et de vibrations.

Mes doigts (3) me permettent de visualiser les molécules d'eau au moment où je touche celles qui ruissellent doucement sur la roche. Je visualise la roche elle-même depuis sa naissance, je vois les nuages, le temps, l'érosion.

Ma peau est translucide sur une chair mordorée.

Je suis à demi allongée dans l'eau, une partie de mon long corps repose sur une roche noire, douce et chaude.

À mes pieds, l'eau d'une cascade coule harmonieusement, chaque goutte évolue à son rythme, certaines sur la note LA, d'autres FA et la plupart déjà en SI.

Elles se rejoignent plus bas dans une rétention oblongue faite de granit. Je perçois le paysage sonore autour, comme une forêt tropicale, peuplée de différentes sonorités, la plupart des sonorités aiguës sont de couleurs claires, les graves plus foncées, d'autres, encore trop irrégulières oscillent d'une nuance à l'autre, certaines, très rapides, forment des rayons lumineux. Un monde de vibrations sonores qui se confondent en une parfaite harmonie.

Je ne ressens aucune angoisse de l'avenir, ni aucune mélancolie venue du passé. Je n'ai pas d'autre passé que celui d'avoir toujours été là, maintenant.

Pas de lassitude, uniquement l'intense émotion de ma présence en cet instant.

Je vois depuis mes yeux, tout en me voyant allongée dans l'eau, je peux voir ce que je touche et ce que j'entends. Je suis un élément de ce Tout qui m'entoure, j'en suis partie intégrante.

Je ramène mes jambes vers mon ventre en me tournant pour me glisser dans un passage arrondi qui se trouve dans la roche, je me glisse sous l'eau et d'une impulsion me propulse le long d'un tunnel qui me conduit à un autre tunnel. Le second tunnel est fait d'eau compressée, il débouche sous un lac d'une grande clarté.

Le sol sur lequel je pose mes pieds est fait d'eau figée, comme de la gélatine, des sillons sont légèrement creusés par des ruissellements d'eau. Les parois sont toutes faites de cette matière d'eau gélatineuse.

Sur le haut, de l'écume semblant se détacher, comme un tunnel d'air qui se serait figé après un plongeon. Tout autour un lac souterrain, des gravillon-sables, des roches claires sur le bas, des algues de couleur mordorée, comme ma peau, l'eau est d'un bleu très clair, vert par endroits.

Le lac est entièrement entouré d'une grotte de roche noire. J'avance dans mon tunnel, me rapprochant des gravillon-sables au sol, et je vais me lover en position fœtale, dans une circonvolution qui épouse parfaite la forme de mon corps.

Je suis dans un espace vide, infini. Là où le Tout et le Rien existent ensemble. (1)(0).

Je flotte, immobile et en mouvement à la fois. La connaissance passe sur moi et m'imprègne comme une trace de peinture. L'empreinte ancestrale du savoir s'immisce, s'insère et s'ancre dans mon corps-esprit.

Je comprends que je ne sais rien, et tout à la fois.

Je comprends le sens absolu du Tout, je comprends qu'il est véritable, et que pourtant, tout n'est qu'illusion.

Je me gène-ère à nouveau.

Je suis en immersion, je flotte au son des bulles d'oxygène, et d'un clapotis lointain.
Le liquide qui m'entoure est translucide au plus près de mon corps, bleu plus loin et noir encore plus loin. Comme moi. Noire aux extrémités, puis bleue et enfin d'une blancheur translucide en mon centre.
Je suis un assemblage de feuilles extrêmement fines qui s'unissent pour former un corps souple qui flotte dans l'eau.
Je ne sais pas si je suis dans un océan ou dans du liquide amniotique.
Je n'ai pas envie de me déplacer, je me sens paisible, en paix avec moi-même et avec les éléments qui m'entourent.

Une partie de l'univers-monde s'est effondré et l'autre continue à colorer la vie, et moi je suis là au centre, en contemplation de ce paradoxe.
Je suis un arbre millénaire, je perçois mon tronc ancestral, mes racines profondément ancrées, chacune de mes branches ainsi que toutes mes ramifications.
Je suis très ancienne, je ne me sens pas atteinte par ce qui m'entoure. Je suis en paix. Je sais que je n'ai aucun pouvoir sur ce qui se déroule autour de moi, je n'ai pas de pouvoir d'action, je ne peux qu'observer, interpréter, comprendre, sans plus juger.
D'une part les forces obscures qui rivalisent d'ingéniosité pour avancer, se propager, chaque être converti, chaque pas comme une victoire, grande il est vrai,

vu la superficie acquise. En face les forces bienveillantes, devant lutter et se battre alors que c'est contre leur nature, acceptant, pardonnant, partageant chaque perte.

Par période, j'entends des voix qui, à mon tronc, murmurent des prières.

Je ne vois pas clairement les événements, ou les êtres vivants, je perçois les forces vives, sous formes de couleurs, comme des peintures auxquelles on aurait ajouté trop d'eau, qui viennent former des circonvolutions de différentes teintes. Très sombres d'un côté, un mélange d'arc-en-ciel aux couleurs sombres, des déclinaisons de noirs, des gris intenses, du rouge, encore quelques pointes de blanc par endroit.

De l'autre côté, une multitude de couleurs roses, orangées, vertes, parmes, et bien d'autres. Elles avaient beau être plus nombreuses, je les voyais décliner au fil des temps.

J'observe, je contemple. Je vois les choses telles qu'elles sont, telles qu'elles doivent être à ce moment, telles qu'elles se produisent.

Je ne m'implique pas, là n'est pas mon rôle.

Je m'enfouis dans mes racines.

2

Lorsque je reprends conscience de mon existence, je marche dans des couloirs étroits, sans fin, je me retrouve régulièrement à des croisements, avec encore des couloirs identiques, à l'infini.

Où que j'aille, des murs de béton gris entrecoupés de portes rouges, avec de la lumière, de la lumière et des portes.

Des couloirs qui s'enchaînent, se suivent, se croisent.

La lumière, aveuglante, forte, blanche. Trop forte, mais quand je lève la tête pour la regarder, il n'y a rien, pas d'ampoules, pas de néons, juste une faille au centre du plafond, une faille vers l'infini, parfaitement rectiligne et si terriblement lumineuse.

À perte de vue des couloirs et des portes, toutes identiques, rouges avec une poignée ronde et dorée.

Au centre de chaque porte, un peu plus haut que mes yeux, se trouve positionnée, une petite plaque de laiton. Il y a des inscriptions dessus, je ne sais pas si ce sont des chiffres, des lettres ou des symboles, je sais qu'ils sont primordiaux, mais je les oublie, ils s'effacent de mon esprit au fur et à mesure que je les lis.

Je finis par me décider à ouvrir une de ces portes, j'en franchis le seuil.

Je me retrouve en train d'errer dans un univers délabré, je suis à l'intérieur d'une vieille maison en bois, tout y part en lambeaux. La peinture des murs s'écaille et flotte dans l'air autour de moi, le sol est fendu, l'odeur de renfermé est la seule que je connaisse. Les pièces que je traverse sont abandonnées, vides, il y fait un froid humide, tout est ralenti, en suspend, le vide est si important que le moindre bruit est amplifié. Quand je ne bouge pas, le silence n'est comblé que par ma respiration, et le vide par les particules de peinture, de bois, de moi, et de tout ce qui s'écaille.

Je me déplace extrêmement lentement et difficilement, mes pieds s'enfoncent dans le sol, fait d'un parquet en bois trop mou, d'où j'ai du mal à m'extraire. À chacun de mes pas, je m'enlise jusqu'à mi-mollets, le parquet s'englue autour de mes jambes, et je dois faire de gros efforts pour m'en sortir.

Je tourne en rond. Je repasse toujours devant les mêmes meubles pourris, la même cheminée suintante, il y a un miroir, mais je sais que je ne dois surtout pas le regarder.

Par endroits, il y a des renforcements bien trop sombres pour que j'ai le courage de m'en approcher, j'ai la sensation qu'il y a quelqu'un qui m'observe dans le noir, j'ai des frissons glacés quand je passe devant, j'essaie alors d'avancer plus vite, mais je n'y arrive pas, malgré la sensation de sentir quelque chose dans mon dos, venir me frôler de bien trop près. Je sais que je hurle de peur, mais aucun son ne sort de ma bouche. Je sais que je pleure, mais je ne sens pas mes larmes couler. Tout reste figé dans une angoisse profonde.

Je passe et repasse inlassablement dans les mêmes lieux, je pose mes pieds toujours aux mêmes endroits, exactement, sur une tâche ou près d'une fissure. Toujours les mêmes images qui parviennent à mon esprit.

La chose la plus difficile contre laquelle je dois lutter ce n'est pas le fait de ne pas avancer, c'est qu'à chaque fois que je repasse devant un objet que j'ai déjà observé, mon cheminement de pensées se reproduit quasiment à l'identique, je me pose les mêmes questions, puis j'y réfléchis exactement de la même manière.

J'ai comme un grillage devant mon visage, qui me rend prisonnière à l'intérieur de ma tête.

Je m'en suis rendu compte devant un bouquet dans un pot en métal, les fleurs sont si noircies et putréfiées par l'humidité que je ne peux pas imaginer ce qu'elles étaient à l'origine. C'est à ce mot : « Origine » que je prends conscience de ce qui est en train de se produire sans pour autant arriver à m'en défaire.

Je me demande si à force d'évoluer dans cet univers toxique, je n'ai pas fini par m'y habituer tellement, que finalement, je m'y sens rassurée, car je connais déjà chaque recoin, je peux anticiper chaque pas, je sais déjà ce qui va se produire après.

Je dois m'extraire de ce lieu même si cela me fait terriblement peur. Je crois me souvenir que je suis passée par une porte pour entrer. Elle se trouve sûrement dans un de ces recoins trop sombres dans lesquels je n'ai jamais osé m'aventurer depuis que je suis ici.

Au niveau de la grande table en bois putride, je prends la décision de regarder dans le miroir la prochaine fois que je passerai devant. Mais alors que j'avance, je me fais submerger par mes pensées récurrentes, elles sont si envahissantes que j'oublie le miroir, puis quand je repasse à nouveau devant la table, je me dis qu'à mon prochain passage, je ferai face au miroir. Mes pensées tournent dans ma tête comme des serpents dans un bocal infernal, sans discontinuer, sans jamais s'arrêter.

Plus je tourne en rond et plus il m'est difficile d'avancer, et plus je sens une espèce de rage grandir en moi, je refuse de rester, je refuse d'accepter.

Je me demande encore pendant très longtemps, comment faire en sorte que ça change. Parfois, cela me paraît impossible, je me dis qu'il n'y a pas de solution, aucune alternative, alors je continue à tourner et à m'enliser.

Puis devant un de ces espaces trop noirs, trop sombres, je me demande ce qui m'effraie, qu'est-ce qui me fait le plus peur, qu'est-ce que je ne veux pas voir ?

À force de lutter et de nourrir ma rage, je finis par grandir, je ne comprends pas encore tout à fait, mais je suis en capacité de réfléchir, d'analyser. Je perds toujours le cours de mes pensées par moments, mais j'arrive à revenir où j'en étais restée.

De nouveau devant la sourde obscurité qui me faisait encore hurler de silence la dernière fois que je crois être passée devant, à moins que ce soit plus ancien, je m'arrête. Je ne me focalise plus sur mes pieds prisonniers du parquet, ma rage maîtrise l'angoisse qui monte en moi. Je me tourne face à cette noirceur, face au gouffre sombre, je l'affronte, je le creuse du regard, le sonde en esprit, m'y laisse aspirer. Je ne sais pas combien de temps, je suis restée là, figée dans le noir.

J'ai compris ce qui me faisait le plus peur, j'ai compris ce que je devais affronter.

Il s'agissait de la vérité tout simplement, la vérité que je devais accepter de regarder en face, la vérité de ce que j'étais.

Alors j'ai continué à marcher, le sol engloutissait toujours mes pieds, mais ma force était maintenant décuplée, je n'avais qu'une idée en tête : rejoindre la cheminée, trouver le miroir. Je tenais le pot métallique avec les fleurs putrides (9) dans ma main gauche. Je tremblais de tout mon corps, j'ai lutté contre le circuit fermé dans ma tête.

Quand je suis de nouveau arrivée devant le miroir, je me suis arrêtée juste devant, j'ai levé la tête.

Je n'ai pas compris tout de suite ce que je voyais, il m'a

fallu un petit moment.

Face à moi, il y avait une petite fille brune, elle avait une coupe au bol, ses yeux étaient écarquillés par la peur et l'anxiété, elle tenait dans sa main un pot d'où dépassaient des fleurs fanées. J'ai reconnu ces fleurs, il s'agissait d'un mélange d'immortelles et de roses.

J'ai ressenti un immense chagrin pour cette enfant abandonnée là, perdue, terrorisée, coincée dans une boucle insalubre dont elle n'arrivait pas à s'extraire toute seule.

Il y avait autour d'elle des fantômes, celui de l'abandon, celui du manque d'amour, et celui du rejet. Des créatures monstrueuses se tenaient tapies et ne la quittaient pas des yeux, elles attendaient le moindre faux pas, le plus petit trébuchement, une minuscule faiblesse, pour lui sauter dessus et la dévorer de l'intérieur.

J'étais face à une enfant qui ne pourrait jamais en être une, une petite fille oubliée de tous. Je me suis sentie si profondément triste pour cette enfant que je suis devenue une femme instantanément. J'ai traversé le miroir pour la prendre dans mes bras et lui porter tout l'amour du monde. Son corps s'est détendu, réchauffé, puis elle a disparu.

Je me suis retrouvée dans un couloir aux murs gris devant une porte rouge.

Une partie de moi est restée là-bas avec la petite fille, je sais que je suis elle, et qu'elle est une partie de ce que je suis.

Je reste un moment immobile au milieu du couloir. J'ai encore la sensation du petit corps chaud contre le mien. J'observe mes mains, je ne sais pas pourquoi je fais ça, peut-être pour être sûr que ce sont les miennes.

J'ai relevé la tête, j'ai regardé autour de moi, et j'ai entrouvert une porte au hasard, sans y entrer.

Par l'entrebâillement, je nous ai vu enfant, mon petit frère, ma petite sœur et moi. Nous étions assis autour d'une grande planche de bois posée sur des tréteaux.

On était un dimanche soir, en plein hiver. Il n'y avait pas d'électricité alors la pièce n'était éclairée que par le feu de la cheminée et des deux lampes à pétrole posées sur la table. Il y avait un plat de crêpes posé au centre de la table.

Je ne me souvenais pas que ce sont des crêpes que nous mangions ce soir-là. Mais je me suis souvenu à quel point cette soirée avait été triste et je n'avais pas du tout envie de la revivre. J'ai voulu refermer la porte, mais elle restait bloquée. J'ai tiré de toutes mes forces, mais rien à faire, elle restait ouverte.

Alors, après un moment, j'ai compris que je devais accepter l'idée que ce soir-là je n'étais qu'une enfant et quoi qu'il se soit passé, je n'en étais pas responsable, j'aurai suffisamment de mes propres fautes d'adulte à porter, je n'avais pas à supporter aussi celles qui ne m'appartenaient pas. Après tout, un adulte faillant n'est rien d'autre qu'un enfant qui a trop souffert.

J'ai donc déposé tout ça sur les épaules des adultes qui étaient présents dans la pièce autour de cette table, et j'ai pu refermer la porte sans avoir besoin de forcer.

Je me sens un petit peu soulagée, comme si j'avais une pi(π)-ère en moins à porter sur mon dos, mais je sens toujours le poids de la grosse bulle de chagrin dans ma poitrine. Je fais quelques pas, ouvre une des portes et ne voyant rien, je décide de la franchir.

Je suis immergée dans une eau froide, noire et épaisse, avec des amas d'algues gluantes partout autour de moi. Quand j'ai sorti la tête hors de l'eau, l'odeur de moisissure m'a fait suffoquer, j'étais dans un espace qui ressemblait à une cave, il y avait des marches faites de grosses pierres jaunâtres. J'ai avancé jusqu'au bord de l'eau saumâtre, je me suis hissée comme je pouvais, et au moment où je remontais mes pieds, j'ai senti une énorme masse mouvante les frôler, paniquée, je me suis jetée contre les marches. J'ai remarqué qu'elles ne débouchaient sur rien d'autre que le plafond, qui se trouvait à environ un mètre (1) au-dessus de ma tête.

Je ne pouvais pas me tenir debout, il y avait de la mousse visqueuse partout sur le sol et les murs. Au plafond, les amas de mousse trop lourds formaient des stalactites dégoulinantes et puantes.

L'odeur me donne envie de vomir. Je suis dans une pièce caverneuse d'environ quatre mètres sur deux (42), transi de froid sur le rebord que constituaient les marches. Devant moi une eau noire et stagnante où vivait une chose énorme, avec une peau verdâtre, sale et luisante qui passait et repassait sans cesse.

Ce que je ne comprenais pas, c'était la lumière. Je voyais comme en plein jour alors qu'il n'y avait aucune ouverture nulle part. Peut-être que ça venait des pierres.

Je tremble de tout mon corps, je ne sais pas si c'est de froid ou de terreur, sûrement les deux à la fois. Je me souviens d'être déjà venu ici, plusieurs fois, je pensais que ce n'était qu'un rêve d'enfant, à la différence que dans mon rêve, j'arrivais du haut des marches et descendais sur le parapet où je me trouve actuellement. J'étais terrorisée, je glissais, je ne sais plus si je tombais dans l'eau ou pas, mais dans mon rêve en tout cas, je remontais les marches pour m'enfuir. Ce que je ne pouvais faire cette fois.

Je ne sais pas dans quoi je suis coincée, je ne sais pas à quoi ce lieu fait référence, je ne sais pas à quoi je dois me confronter. Enfin, plus précisément, je ne sais pas à quoi cet univers me renvoie.

Je suis enfermée dans une pièce, remplie d'eau putride, et je ne peux m'élever pour sortir. J'ai tellement peur de glisser et de tomber, je sais que si ça arrivait, je serais absorbée par le fond, dans le noir, au milieu des algues pourries, je m'étoufferai, me noierai et disparaîtrai du réseau de la vie.

L'odeur de vase est si forte, que j'en ai le goût dans la bouche. Je pleure à chaudes larmes. Je ne sais pas quel est mon âge. Je ne me souviens plus de la façon dont je suis arrivée ici.

Je ne peux pas me reposer, car mes pieds glissent, je n'ai aucun point d'appui. Je risque de tomber à tout moment, de me noyer au milieu des algues, ou de me faire dévorer par le monstre si je ne suis pas assez vigilante. Alors je deviens en hypervigilance, comme un fonctionnement normal.

Par moments, je vois mon petit frère et ma petite sœur prisonniers des algues, en train de s'étouffer, se noyer, souffrir et moi, je ne peux rien faire pour eux.

Je ne dors pas, je sombre dans un bref et profond sommeil. Je me réveille systématiquement en sursaut, le cœur battant, les mains tremblantes. Souvent, j'ai un temps d'adaptation, car je ne me souviens pas où je suis. Ni qui je suis.

L'odeur de la cave reste suffocante, j'ai l'impression que la voûte se surélève, et la margelle sur laquelle je me trouve s'élargit, je ne peux pas dire de jour en jour, car la luminosité reste toujours la même, il ne fait ni jour, ni nuit, il ne fait même pas le temps qui passe, l'univers est stagnant ici.

Le monstre dans l'eau a disparu, je l'ai oublié, et puis un jour, j'ai constaté qu'il n'apparaissait plus. Parfois, j'ai la certitude que la solution pour sortir est très simple, mais je ne la trouve pas. Je suis persuadée de l'avoir su mais j'ai oublié.

Je passe mon temps, recroquevillée sur moi-même, je m'allonge souvent en position fœtale. La plupart du temps, mes larmes coulent sur mes joues, je pleure sans trop savoir pourquoi, en silence, je me sens seule sans pour autant me souvenir de n'avoir jamais connu aucun lien avec un autre être vivant.

Le temps continue de passer sans pour autant exister vraiment. Il s'enroule autour de moi, m'étreint, m'efface. Je n'existe pas.

Quand j'ai réouvert les yeux, j'étais allongée sur un sol

gris, mes bras encerclant mes jambes, repliées sur mon ventre, en position fœtale. Je suis restée encore longtemps à pleurer entre les portes rouges.

Je comprends que je marche, dans les méandres de mon esprit, je ne sais pas quel est le sens de tout ça. Je ne me rappelle plus pourquoi je suis là, je ne sais plus ce que je dois trouver. Je regarde mes mains puis j'oubli pourquoi je le fais, j'essaie de me souvenir de mon nom mais je n'y arrive pas.

J'avance au hasard des couloirs, et sans savoir pourquoi, je choisis d'ouvrir une porte, plutôt qu'une autre.

Je me retrouve au coin d'une rue, près de blocs de maisons, elles sont toutes faites de planches en bois alignées horizontalement, les unes sur les autres. Peintes en blanc pour la plupart, certaines sont rouges, chaque maison accolée à la suivante.

Tout est silencieux autour de moi, le soleil cogne si fort que je vois le sol se troubler, je sens les gouttes de transpiration qui perlent sur mon front, avant de couler doucement le long de mon visage et d'aller s'écraser au sol dans une chute interminable.

J'ai des mèches de cheveux collées sur mes tempes, il fait trop chaud, je me sens trop engourdie dans cette inertie ambiante, mon corps me semble figé, comme si j'étais aussi un élément du décor. Je ne bouge pas.

Positionnée au milieu d'un carrefour entre quatre rues vides, entourées de maison vides. En face de moi, une rue avec une légère côte, qui mène à une étendue de sable immense, infinie, je n'en vois pas la fin. Tout ce que j'arrive à distinguer, c'est une ligne d'horizon troublée par la lumière chaude. L'atmosphère est si inerte qu'elle est écrasante, si écrasante qu'elle émet un bourdonnement.

Tout est très calme, un rideau en dentelle blanche crasseuse virevolte à une fenêtre. Le silence est aussi oppressant que l'ennui et l'inertie ambiante, le temps est comme figé, il ne se passe rien. Le soleil continu de cogner, le temps de s'étirer, le rideau de virevolter, mes gouttes de transpiration de couler, comme si elles étaient la seule chose en capacité de s'animer.

La lumière s'affaiblit de manière cyclique, la nuit vient, des étoiles brillent dans le ciel, je ne vois pas de lune. Je ne peux bouger la tête, incapable de regarder autour de moi, incapable de me déplacer, enfermée dans cette apathique réalité.

Au fil du temps, je finis par être persuadée que le désert de sable qui se trouve au bout de cette rue est plus attrayant et tellement mieux que l'endroit où je me trouve.

Je ne sais pas depuis combien de temps, je suis là. J'essaie de me souvenir de ce que j'étais avant, mais je n'y arrive pas. Je vois le temps s'écouler, sans pouvoir bouger, mes pensées me semblent ralenties aussi, il me faut voir passer plusieurs cycles de nuits pour arriver à élaborer une pensée.

Je me sens de plus en plus oppressée. Je vais essayer de faire quelque chose, mais je dois me préparer pour ça. Ça me fait peur, je veux être sûre d'être prête à le faire. Un pressentiment me parcourt, ou alors est-ce mon inconscient contrariant qui, effrayé par l'idée du changement, me pousse à surtout ne rien faire et rester enfermée dans cette fausse sécurité léthargique.

Petit à petit, j'arrive à faire légèrement osciller ma tête, puis je fais tressauter ma main sur ma hanche. Au bout de ce qui doit être plusieurs années, je réussis enfin à faire un pas. Un pas en dehors de ce qui me tient figée, tétanisée.

Je me déplace douloureusement, mes gestes, mes pas sont saccadés puis, au fur et à mesure que j'avance, je prends de l'assurance.

Je remonte la petite rue devant moi, sans même prendre le temps de me retourner, mes yeux restent fixés droit devant. Je vois bien les maisons que je dépasse, mais je ne prends pas la peine de les observer, pressée que je suis de voir ce qu'il y a ailleurs, le plus loin possible de ce croisement où j'ai passé tant d'années.

Si j'avais pris le temps, rien qu'un instant, j'aurais vu que les autres rues menaient vers d'autres lieux autrement plus accueillants qu'un désert sans fin, mais je n'ai pas fait ça, parce qu'à force d'être coincée, j'ai aussi fini par m'enfermer dans une idée, une perception, une obsession. Je ne voyais rien d'autre.

Mal assurée sur mes bases, je tombe violemment parfois, et bien que difficilement, je finis par me relever, il me faut parfois traverser encore des cycles et des cycles de nuits, avant de pouvoir me remettre debout, avec la sensation d'être étouffée et de vomir en même temps.

Surement à cause de la sensation de respirer une gelée inerte qui entre par ma bouche et m'écrase la tête et le cœur.

Mais je finis par y arriver, à ce bout de rue, ce bout de rue que j'ai espéré conquérir pendant si longtemps, et maintenant que j'y suis, et bien, et bien, rien.

Non seulement il n'y a rien, mais en plus, ça ne me fait rien.

J'avais imaginé que je serai fière ou soulagée ou satisfaite ou un millier d'autres choses, et en fait ça ne me fait rien. Sûrement, parce que le chemin à faire pour y arriver m'a trop abîmé pour que finalement, je puisse me réjouir d'y être arrivée. Ou peut-être que les choses finissent par arriver quand on ne les espère plus.

Une porte rouge est apparue près de moi, ou alors elle était là depuis un moment, mais je ne l'avais pas vu avant, car je n'étais pas prête. Cette porte me rappelle quelque chose, mais je n'arrive pas à me souvenir précisément.

Je saisis la poignée dorée et l'ouvre, bien plus fort que je ne le pensais, et m'y engouffre.

De l'autre côté des couloirs, des couloirs et encore des couloirs. Et des portes, des portes et des portes, toutes identiques, rouges avec leurs poignées rondes et dorées, la seule chose qui diffère, c'est cette inscription étrange marquée sur une plaque, dorée elle aussi, apposée sur chacune des portes. Rouge. Il doit y en avoir des milliers. À perte de vue. En fait, je ne sais même plus comment j'en suis arrivée là, j'avais construit des couloirs, des couloirs et des couloirs, ma vie n'était plus qu'un immense couloir sans fin, chaque souvenir, chaque émotion soigneusement rangés.

J'ai essayé d'être méthodique et pragmatique en ouvrant toutes les portes d'un même couloir les unes à la suite des autres, dans l'ordre. Mais contrairement à ce que je pensais, les univers de chacune d'entre elles ne se ressemblaient pas du tout, il n'y avait aucun lien, pas de logique. Alors j'ai continué au hasard, si tant est que le hasard existe, déambulant d'un couloir à l'autre, rebondissant sur des portes dont je touchais à peine la poignée, avant d'aller en ouvrir une autre.

J'ai poussé une porte qui s'est ouverte sur un couloir. Un couloir d'hôpital. Un linoleum pâle et pourtant très brillant, recouvrait le sol. Les murs étaient pâles eux aussi. Sûrement à mon image.

J'ai fait quelques pas dans le couloir, arrivée devant la première porte, je me suis vu allongée dans un lit, intubée, livide, mourante. Je n'étais accompagnée que de quelques grains de poussière qui dansaient dans les rayons du soleil.

Dans la pièce suivante, c'est mon père qui mourait encore une fois. J'ai deviné que la jeune femme assise près de son lit, en train de le faire manger, c'était moi. Je me voyais porter une cuillère à sa bouche, puis une autre et encore une autre, jusqu'à ce qu'il perde son réflexe de déglutition.

J'ai continué à arpenter ce couloir d'hôpital dans lequel j'avais été conduite par une porte rouge. J'ai eu beau chercher je n'ai pas réussi à voir ma grande sœur.

J'ai continué d'avancer le cœur lourd de regrets. Le couloir s'élargit, le plafond disparait et laisse place à un ciel bleu clair.

Je vois apparaitre des silhouettes humaines qui se

rapprochent de moi. Ils sont nombreux, je sais que ce sont des personnes mortes qui errent. Ils ne sont pas agressifs, ils viennent juste vers moi pour que je les aide, mais j'ai toujours un peu peur alors je m'enveloppe dans une bulle blanche et lumineuse, faite d'amour et de bienveillance.

Il y a un monsieur âgé d'une cinquantaine d'années, il a sur sa tête une casquette à petits carreaux, des vêtements des années 30-40, il porte une eau de Cologne qui sent très fort. Il ne sait pas ce qu'il doit faire, personne ne lui a rien dit, alors il reste là, il attend.

Une image très lumineuse apparaît dans mon esprit et au moment où je lui transmets, il disparaît.

Ensuite, c'est un homme d'une trentaine d'années (30) qui vient à moi, il porte aussi de vieux vêtements, il vient d'un tout petit village à la campagne, il dit qu'il sent trop mauvais des pieds, il a honte, il ne sait plus comment faire. Je lui explique que personne ne sent mauvais des pieds, il suffit de bien les laver tous les jours et de mettre des chaussettes propres à chaque fois. Il disparait à son tour.

Il y a une vielle dame qui au cours de sa vie, était tellement enfermée dans ce que les autres attentaient d'elle, qu'elle restait là à attendre que quelqu'un lui demande de faire quelque chose, il a suffi qu'elle sente l'amour et la bienveillance tout contre elle pour disparaître. C'est ce qui lui manquait et qu'elle n'avait jamais connu avant, de l'amour et de la bienveillance à son égard.

Au milieu du groupe, j'aperçois une petite fille, elle a une chemise de nuit blanche. Je sais que je la connais, je me souviens d'escaliers en bois dans lesquels elle me poursuivait, tentant de m'agripper pour me garder auprès d'elle dans le grenier. Je m'éloigne à reculons, elle s'avance vers moi, plus je marche vite plus elle se rapproche. Terrorisée je me retourne et me mets à courir. Il y a des bidons en plastique le long des murs, je cours, parfois je glisse et me rattrape sur les mains. Je suis essoufflée et j'ai très peur malgré que la petite fille ait disparu. Une énorme voix qui vient du ciel au-dessus de moi, me demande « Tu es sûre ? C'est ce que tu veux, voir et comprendre ? tu ne pourras pas revenir en arrière !».

Alors que je sens mon cœur cogner ma poitrine comme s'il voulait en sortir je pousse une double porte de secours et je sors de ce couloir d'hôpital, pour me retrouver dans un couloir gris.

Je m'adosse à un mur entre deux portes rouges pour reprendre mon souffle, écoutant mon cœur qui continue de cogner dans ma poitrine.

Je me souviens parfaitement de ce que je viens de vivre, je suis bien trop terrorisée pour réfléchir à quoi que ce soit. Je pousse la porte qui se trouve juste en face de moi.

Je suis dans la cour d'une école, le sol est recouvert de gravillons-sables blancs. Je ne reconnais ni la cour, ni l'école. Je suis entièrement nue, ça ne me gêne pas. Face à moi, se trouvent rassemblés, en deux groupes, tous les élèves de ma classe (27). J'ai l'impression d'avoir déjà vécu cette scène un millier de fois.

À la tête de chacun des groupes, un garçon et une fille qui doivent choisir qui prendre dans leur équipe respective. Je voudrais tellement qu'ils me choisissent, moi.

Je regarde à mes côtés il n'y a plus personne, je suis la dernière.

Le garçon et la fille se disputent. L'une prétextant qu'elle a déjà plus de joueurs et l'autre qu'il y a déjà trop de filles dans son groupe.

L'institutrice s'agace et finit par m'attraper par le bras et me tire pour me mettre de force dans l'une des équipes, c'est en traversant l'espace qui me sépare d'eux que je réalise qu'ils peuvent tous me voir nue, je me sens soudainement vulnérable et humiliée.

Une fois parmi eux, je me contente de pleurer en silence, mes sanglots sont si gros qu'ils me font mal à la gorge, mes joues sont inondées de larmes et de morve que j'essuie comme je peux.

Je n'ai plus envie de jouer avec eux, si je suis là dans leur équipe, c'est uniquement parce qu'ils y ont été contraints et forcés. Alors moi, j'ai envie d'être ailleurs.

J'aurais voulu être dans leur vie normale, dans une maison de lotissement, comme eux, avec une chambre normale, des murs blancs, des toilettes et l'électricité.

Et un système de chauffage qui aurait permis qu'il n'y ait pas de givre à l'intérieur de la fenêtre de ma chambre le matin. Je n'aurais pas eu d'engelures à mes orteils et j'aurais eu des étoiles fluorescentes à coller sur le plafond au-dessus de mon lit. J'aurais eu une vraie couette comme les autres au lieu des vieilles couvertures en laine récoltées de-ci de-là. Pas de cochon à égorger ou de chevreau à dépecer, juste des goûters d'anniversaire, avec des ballons sur le carrelage blanc de la salle à manger. Comme eux. Normale.

Je ferme mes yeux très très forts pour me nettoyer de ma vie et de toutes les émotions qui l'encombrent.

Quand je rouvre les yeux, je suis assise par terre, sur du béton gris, dans un couloir, le dos appuyé sur un mur froid, entre deux portes rouges.

Je regarde mon reflet dans les poignées dorées, puis je m'endors à même le sol, dans les couloirs gris, au milieu des portes rouges.

Je suis couchée dans une espèce de caisse de verre avec une armature faite de vieux métal rouillé. À l'intérieur, il y a des bottes de paille, et très peu de place.

Ça sent la vieille remise de ferme. Je ne comprends pas ce que je fais là-dedans. J'imagine qu'il y a plein d'araignées, ce qui me fait vouloir sortir précipitamment, mais les douleurs de mon corps ankylosé m'en empêchent. Je ne sais pas combien de temps, je suis restée enfermée ici. Je bouge doucement et difficilement mes membres, l'un après l'autre. Je ne sens plus les doigts de ma main gauche, je n'arrive pas non plus à m'appuyer sur mon bras pour me relever. Je m'agrippe comme je peux et je m'extrais de la caisse en verre.

Le froid glacial sur ma peau me saisit. J'entoure mon corps comme je peux avec mes bras, et redescends les décombres de ce qui avait dû être un immeuble et sur lesquels la caisse de verre était perchée. J'avance très lentement, j'ai tellement peur de tomber et de me faire mal, que je m'assoie presque à chaque pas pour être sûr de ne pas trébucher. J'en peux plus d'avoir mal.

Le sol est couvert de détritus, qui me coupent les pieds, je fouille dans ces immondices et en sors une veste en jean bleu foncé. Elle est beaucoup trop grande pour moi et me descend jusqu'au milieu des cuisses. Mon corps est celui d'une enfant maigrichonne de dix ou onze ans (1011).

Je ne prends pas le temps de fermer la veste, m(μ) soudainement par un sentiment oppressant de fuir.

Je me trouve dans un gigantesque tunnel, entièrement carrelé de blanc. Une forte lumière blanche emplie tout l'espace, je n'arrive pas à voir d'où elle provient, en avançant je vois qu'il y a d'autres personnes qui errent dans ce tunnel, ils vont tous dans la même direction. Ils marchent et trébuchent sur des montagnes d'immondices et autres déchets que je ne saurais ni décrire ni même reconnaître.

Sans trop y réfléchir, j'avance dans la même direction qu'eux, vers ce qui semble être une sortie.

Les boutons métalliques de la veste en jean, émettent des cliquetis à chacun de mes pas, aussi lourds que je les voudrais rapides et agiles. L'odeur de la veste que je porte est abominable, mais j'espère qu'elle me protégera du froid.

Je trouve deux chaussures, une bottine et une basket de différentes tailles, mais ça n'a aucune importance, tout ce qui compte à mes yeux, c'est de ne plus m'entailler les pieds.

Il y a une femme un peu plus loin, elle est à moitié nue, titube et parle toute seule, je ne comprends pas ce qu'elle dit. Du sang coule sur son ventre et sur ses cuisses.

Je passe le plus discrètement possible.

En me retournant avant d'atteindre la sortie, je la vois se balancer d'un pied sur l'autre en psalmodiant, ses yeux sont presque révulsés, elle tend les bras vers moi en criant. Terrorisée, je me mets à courir aussi vite que possible.

Je me retrouve dans des bois, vu les feuilles qui jonchent le sol, on doit être en automne. En me penchant pour en ramasser une, je me rends compte que mes cheveux sont très longs, ils descendent jusqu'au bas de mon dos.

Je vomis une étrange substance blanche. Malgré la veste, mon corps ne se réchauffe pas. J'ai placé ma main gauche dans une poche haute, de manière à soutenir mon bras, qui doit être cassé, car je ne peux pas le bouger sans une terrible douleur.

Au fur et à mesure que j'avance, j'ai la sensation que mon esprit se libère d'une brume épaisse.

Le jour reste sombre, mais j'y vois assez clair pour me déplacer sans trébucher sur les branches au sol.

Je décide de m'asseoir au pied d'un gros arbre. Je me souviens qu'avant je connaissais le nom des arbres et des plantes. Je colle ma joue sur son tronc, et murmure des phrases plus ou moins cohérentes, une sorte de litanie enfantine.

Je pense m'être assoupie, car c'est le craquement d'une brindille sur laquelle on marche, qui me fait sursauter. Je me redresse difficilement, me soutenant au tronc de l'arbre. En touchant son écorce, je reconnais un frêne, ça veut dire qu'il doit y avoir une rivière à proximité. Soudain, je vois une silhouette se faufiler à vive allure dans ma direction, je suis tétanisée, je n'arrive plus à bouger. Je n'arrive pas à crier.

Trois hommes apparaissent finalement, face à moi, nous sommes séparés d'à peine quelques mètres, ils portent de gros manteaux d'un vert presque noir, ils ont des fusils.

L'un d'entre eux s'avance vers moi, je recule, il s'arrête.

Ils échangent entre eux, je ne comprends pas ce qu'ils disent, leur langue m'est étrangère.

Puis ils se taisent et me fixent encore un moment. Celui qui s'est avancé vers moi me parle, il doit voir rapidement que je ne comprends pas, alors il se tourne vers les deux autres, échange quelques mots, puis de nouveau, il pivote vers moi et me fait des signes que j'ai du mal à comprendre, puis petit à petit, je saisis qu'il me demande de partir, de courir.

D'abord surprise, et ne pensant à plus rien d'autre qu'à m'échapper, c'est ce que je fais. Je cours. Comme du gibier. Et c'est exactement ce qu'ils attendaient.

Je me retourne à plusieurs reprises et je les vois rire en m'observant. Je me souviens avoir compris qu'ils devaient être habitués à voir des personnes surgir des tunnels, et ils devaient s'amuser à les chasser une fois qu'elles étaient entrés dans la forêt.

Je me réfugie dans une espèce de petite cabane en bois délabrée, elle est entièrement vide, je n'ai rien pour me cacher. Je me terre alors dans le coin le plus éloigné de la porte, et je m'y blottis telle une bête aux abois.

Ils finissent évidemment par me retrouver après un temps assez cours.

Je me souviens de l'instant où j'ai eu envie de laisser tomber, de les laisser me tuer.

Ils ont tiré mon corps au centre de la pièce, je les voyais debout, autour de moi, ils ont sorti des couteaux de leurs poches. L'un d'entre eux a dit quelque chose dans ma direction, ce qui a beaucoup fait rire les autres. Puis son visage s'est brutalement fermé, il a levé le bras et il a fait violemment basculer son corps, de manière à ce que son couteau m'empale de part en part. La douleur a été si atroce et s'est répandue si brutalement dans tout mon corps, que je ne savais pas à quel endroit précis il avait planté la lame.

Alors que je hurlais, le second enfonça son couteau dans le haut de mon bras, j'ai senti le métal racler l'os avant de se retirer. À ce moment-là, la douleur, le froid et la peur étaient bien trop puissants, j'assistais à la scène, sans y être vraiment, je les regardais planter des lames dans mon corps. Je pouvais entendre le bruit que faisait ma peau en se déchirant.

J'étais toujours consciente, je sentais mon sang encore chaud se répandre sous mon corps.

Ils tournent autour de moi, me regardent, l'un d'entre eux fait bouger une de mes jambes avec son pied. Je reviens dans mon corps. J'ai terriblement froid, je me dis que je dois faire semblant d'être morte pour qu'ils me laissent tranquille. Qu'ils me laissent vivre.

Ils s'éloignent enfin. J'entends le silence de leur absence. Je vois la nuit tomber ou le crépuscule se lever, je ne sais pas. Je me laisse glisser sur le côté et commence à ramper vers une flaque boueuse près de l'entrée. Au moment où je l'atteins, je plonge dedans, entièrement et me retrouve debout, au centre d'un gris couloir. Je ne comprends pas ce que je fais ici. Je ne sais pas qui je suis. Je regarde mes mains sans les reconnaître, je touche mon visage, mais je ne me souviens pas que j'étais une adulte. Je me sens sale mais je ne le suis pas. Je sais juste que je dois ouvrir des portes pour me sauver.

À travers la porte rouge suivante, je me suis retrouvée à osciller entre deux univers dont je n'arrivais pas à m'extraire. Ou si j'arrivais à m'extraire de l'un, c'était pour atterrir dans l'autre, et ainsi de suite, sans fin. Ça a été tellement angoissant. J'ai perdu un temps fou à essayer de m'en sortir. Enfin à réussir à m'extraire.

Il y avait un monde sans limite aucune, parfois j'entrapercevais un marquage au sol, ou des signalements, mais toujours trop flous, ou insaisissables, incompréhensibles la plupart du temps, et bien trop instables la majorité du temps.

Le deuxième monde était un monde sans constance, où tout changeait du jour au lendemain, le peu de stabilité que je croyais comprendre s'effaçaient, se modifiaient.

Parfois, une limite était posée, alors curieuse je m'en approchais, et plus je m'en approchais plus elle s'éloignait. Je ne comprenais rien, rien n'avait de sens, tout était glissant, chaque pas susceptible d'engendrer une chute.

Chaque mouvement devenait une angoisse de chaque instant, à tel point que c'est la seule chose qui est devenue constante, mon angoisse.

L'appréhension de tout, l'angoisse omniprésente, l'anxiété, la peur de tout ce qui se modifie, car rien ne s'ancre. Et si rien ne s'ancre alors rien n'a d'importance. Qu'est-ce qu'il me restait pour ne pas m'effacer moi aussi ?

J'aurais pu, intelligemment, choisir de me rassembler pour consolider ce que j'étais, mais au lieu de ça, je me suis éparpillée, j'ai choisi de trouver les limites, je voulais les voir, les expérimenter. Je les ai poursuivies pendant trop longtemps avant de comprendre que les seules limites qui pouvaient encore exister, n'étaient autres que celles que je m'imposais. Mais, il était déjà trop tard, je m'étais déjà perdu. Pour me consolider, il faudrait que je commence par me retrouver et me rassembler.

Confiante, j'ouvre la porte suivante.

Je suis d'une caste inférieure, destinée à ne faire que les corvées des autres, accomplir ce qu'ils se refusent à faire.

Nettoyer, récurer, ranger, organiser.

Faire des lits sans jamais pouvoir les défaire.

Brosser des vêtements sans jamais pouvoir les porter.

Servir les meilleurs mets sans jamais pouvoir les goûter.

Participer aux soirées sans y être invitée.

Regarder les autres sans jamais être vue.

Être insignifiante, sans importance, invisible.

Se sacrifier pour le bien-être éphémère des autres. Voilà ma vie, mon destin, mon chemin.

Depuis des générations et des générations, les femmes de ma lignée se plient à cette servitude, sans même se poser la moindre question.

Quand je demande pourquoi, elles répondent :
« C'est comme ça, qu'est-ce que tu veux, on a pas le choix » ou : « De toutes façons si on ne le fait pas, personne ne le fera à notre place ».

Je les regardais s'escrimer pendant des années, les mains esquintées, le dos courbé, les articulations usées d'avoir trop plié.

Se plaignant parfois, s'échinant toujours.
J'ai brisé la chaîne, je n'ai pas fait perdurer la soumise acceptation.

Je suis rejetée et désaimée pour ça. Certains jours, je regrette de ne pas avoir pu être comme elles, de ne pas avoir réussi à me satisfaire de cette situation, sans me poser de question.

Relever la tête est très lourd de conséquences et extrêmement douloureux.

Je ne me sens pas meilleure qu'elles. Ni supérieure à elles.

Je suis différente, c'est tout.

J'ai quitté ma caste. Je n'ai pas réussi à en intégrer une autre, alors je suis seule entre tous ces autres qui composent le reste du monde.

Je me retrouve à nouveau dans ces maudits couloirs. Je me suis demandée ce que je faisais là, à quoi bon ? Je n'avais qu'à me mentir jusqu'à la fin de mes jours. Je pouvais aussi me noyer, m'anesthésier, de différentes façons pour vivre et ne pas voir, tout à la fois.

Je me suis sentie si lasse. J'ai eu tellement envie de m'arrêter là. J'avais changé d'avis, je ne voulais plus chercher à comprendre pour me libérer, la remise en question était bien trop difficile. Bien trop douloureuse.

Alors j'ai couru dans les couloirs pour partir, pour fuir. J'ai couru, couru, en vain, je ne trouvais que des couloirs et des portes rouges. Uniquement des couloirs et des portes rouges.

J'ai erré longtemps dans mes couloirs, marchant les

mains croisées dans le dos, cherchant une solution pour ne plus avoir à ouvrir de portes. Je me suis dit que si j'avançais tout droit la tête baissée, sans réfléchir, je finirai bien par arriver au bout. Mais c'était trop long, inutile et sans fin, il n'y avait pas d'issue.

Je m'étais enfermée, seule face à moi-même, je n'avais plus aucune autre échappatoire que celle de me confronter à toutes celles que j'étais, celles que j'avais été, celles que j'aurais pu être, celles que je deviendrai, et même celles que j'aurais dû être.

Je me réveille au milieu d'un immense désert, autour de moi sont dressées des tentes en tissus, de toutes tailles, de toutes les couleurs et de formes toutes plus étranges les unes que les autres. J'observe celle qui se dresse juste à côté de moi, elle est faite de drapés noires, qui se rejoignent sur un mât central, suffisamment haut pour constituer trois niveaux de tentes rattachées en quinconce. Lorsque je baisse la tête, je m'aperçois que je suis au sein d'un groupe. Je ne crois pas les connaître.

Celui qui est à ma droite est très beau, des cheveux noir ébène, la peau mate et une barbe courte très soigneusement taillée. Il me dit quelque chose, mais je ne comprends pas, alors je regarde le grand et chauve en face de moi, je dis :

« Je ne comprends pas ce qu'il dit ».

Il me répond : « C'est normal, c'est parce qu'il parle toutes les langues du monde…en même temps ».

« Ho ! Mais vous faites tout ça ? »

« Non bien sûr, chacun des membres de notre famille est unique. Prenez Lc, il jongle avec des comtoises, Maïla est mère d'un cobra royal, M. Virche est dompteur de volcan. Quant à Rin, il collectionne les cumulonimbus, il vit avec Nus qui lui est dresseur d'ouragans, et leur fils, Jun, est griffeur de parallélépipède. Vous voyez, chacun d'entre nous est différents. »

« Mais vous alors ? »

« Moi ? Je suis intercepteur de convenances ».

Je sais qu'ils m'ont convié à cette cérémonie au milieu de désert de Mojaves.

Je sais aussi que je leur suis reconnaissante de m'avoir accueilli, mais je ne sais plus pourquoi, je ne me souviens pas si moi aussi, j'ai une famille qui est différente de ce que je suis.

Alors que nous nous rapprochons d'un espace central des chants se font entendre, je ressens chaque note en plein cœur, et les vibrations me soulèvent légèrement du sol. Une enfant s'approche de moi en riant, elle m'attrape par la main et appose un symbole de ses doigts sur mon front. Je m'éclaire instantanément, une douce luminosité se dégage de tout mon être, j'irradie. J'aperçois une lune énorme sortir du sable et s'élever doucement, chaque être présent lévite dans une aura lumineuse, les ondes sonores nous portent dans une sorte de danse autour de cette lune pleine qui continue de s'élever vers le ciel. Tout est très harmonieux, élégant, gracile et subtil.

La musique me rapproche d'un homme que je ressens immédiatement comme s'il était partie intégrante de mon esprit, nos corps s'effleurent et nos auras se mélangent, toujours au son mystique de ces chants autour de nous.

C'est une symbiose grandiose, comme si chacune des sensations de l'un influait sur les sensations de l'autre, comme si chaque souffle, chaque pensée, chaque regard de l'un était aussi ressenti vécu par l'autre.

Je regagne le couloir, après ce qui me semble être plusieurs années. Des années heureuses, calmes, tranquilles. Je sais que ces années ont été belles, car elles ont été partagées. C'est sereine, que j'ouvre la porte suivante.

J'étais une gamine de sept-huit ans, j'étais toute nue. Brune avec ma coupe au bol. Je courais poursuivie par la mort. Je me suis cachée dans une pièce entièrement carrelée de blanc, sous une grande table, toute carrelée elle aussi.

Un carreau pour une prière.

Je l'ai entendu arriver, la mort, elle portait un grand tablier blanc avec des bottes noires, me cherchant à travers la longue lame d'un couteau de boucher (1). Elle était là pour me prendre. Je tremblais de peur et de froid, je fermais mes yeux de toutes mes forces, pour qu'elle ne me trouve pas. C'était peine perdue je le savais déjà.

J'étais triste parce que ma mère m'avait abandonné. Je pensais à elle dans la cuisine avec mes frères et sœurs. Je les voyais dans ma tête, tous ensemble, penchés sur la table en bois de la cuisine, leurs petits visages léchés par la lumière de la lampe à pétrole. Pendant que moi j'étais toute seule ici, sans personne pour me protéger.

J'ai pas envie de mourir, je ne veux pas que ma vie s'arrête maintenant, j'ai l'impression que je n'ai pas eu assez de temps.

Sa respiration était aussi lourde que ses pas, à un moment elle s'est arrêté, je n'entendais plus rien, j'ai eu une lueur d'espoir quant à ma survie, juste le temps qu'elle m'attrape par les cheveux. Elle m'a soulevée du sol et j'ai senti la lame froide du couteau trancher la peau de mon cou, j'ai senti ma tête partir en arrière au fur et à mesure que les chairs s'écartaient. J'étais encore consciente alors qu'elle découpait et ouvrait mon thorax, je restais bloqué dans ce corps froid et mort. Elle a sorti mes entrailles puis recouvert l'orifice béant avec mon péritoine avant de me suspendre à un crochet. Je bascule dans un univers où l'obscurité est si épaisse que j'étouffe en la respirant. Cristallisation d'angoisses. Peurs effroyables, oppressantes, permanentes. Je deviens de l'antimatière, j'aspire et je détruis tout ce qui m'entoure dans une globalisation de mon réflexe d'autodestruction.

Je suis la thèse et l'antithèse de moi-même. Dualité perpétuelle.

Le ciel devint plus noir que jamais, la foudre plus

puissante, les incendies plus gigantesques. Les rivières, les lacs, les mers se muèrent en d'insondables abîmes. Les pierres des murs et les arbres suintèrent. Les terres devinrent visqueuses, les plantes, déjà mortes, entrèrent sous terre pour ne plus jamais refaire surface.

Je me suis réveillée emplie de haine. Une haine sourde et profonde, une masse sombre et compacte m'habitait entièrement.

Le vide venait d'être comblé. Je pouvais retourner affronter ce qui se trouvait derrière les portes.

Je traverse le village, une dernière fois, c'est un jour sombre, le ciel est couvert de nuages, lourds de la pluie qui s'en échappe. Les gouttes s'écrasent lourdement dans la boue qui constitue maintenant la rue, elles s'écrasent tout aussi lourdement sur ma tête et mon visage, elles sont si lourdes que j'ai la sensation de les sentir transpercer mon crâne, pour atteindre mon esprit aussi boueux que le sol sur lequel je marche.

Quand je relève la tête, je vois des oiseaux passer dans le ciel, je m'étonne de les voir voler par ce temps, par contre, je ne m'étonne pas du corps suspendu en croix par des chaînes accrochées à la poulie d'une grange.

Je baisse malgré tous les yeux vers le sol, et me concentre sur mes pas, je glisse dans la boue, au fur et à mesure que j'avance, je fais semblant de ne pas voir les corps enchevêtrés sur les pas de portes.

Je continue de longer les maisons de pierres et de bois, je passe près d'un puits sur ma droite et prend bien soin de ne surtout pas y plonger mon regard.

Quelques rayons de soleil percent au loin. Je connais ce village par cœur, chaque pierre, chaque place, chaque maison. Je connais chacun des cadavres mutilés, torturés, suspendus.

Le chemin que je dois emprunter me parait interminable, j'ai la sensation que je n'arriverais jamais à sortir du village.

J'ai peur de passer le reste de ma vie à remonter cette rue sans fin, sachant déjà ce qui m'attend à chaque pas.

Je pourrais prendre un trajet plus court, mais j'ai peur de passer devant chez moi, j'ai peur de ce que je pourrais y voir. J'ai peur de voir les traces de ce qui s'y est passé. (ω).

Je ne sais pas ce qui me fait le plus peur, voir les traces qu'il y reste ou de voir qu'il ne reste rien, plus aucune trace. Que tout ce qui était primordial pour moi ait été effacé, qu'il ne reste rien à l'extérieur, qu'il me faille tout porter à l'intérieur.

La boue sur mes pieds rend mes pas plus lourds et plus lents. Beaucoup trop lents, mes jambes me font mal, pourtant j'avance, un pas après l'autre, je glisse, me rattrape sur les mains, me relève et avance encore un peu. Un pas après l'autre.

Lorsque je relève la tête pour évaluer la distance qu'il me reste à parcourir avant d'être loin, j'aperçois une porte rouge, elle semble posée au milieu du chemin.

La pluie trop dense m'empêche de voir correctement.

Je baisse à nouveau la tête vers mes pieds, je veux avancer encore, je veux partir d'ici, je veux m'enfuir, je veux oublier et je veux ne pas me souvenir.

Je m'approche de la porte rouge et lorsque je suis assez près, je me précipite dessus et l'ouvre brusquement.

À peine sortie, j'ouvrais déjà la porte suivante. J'étais pressée d'en finir, ce que je vivais était difficile, je voulais que ça s'arrête. Et j'ai assisté à la conception du mal.

Des lignes noires se sont rassemblées. Et j'ai vu une femme qui les a mises dans son ventre pour les protéger. Son corps était d'un blanc translucide, seuls ses yeux en amandes étaient d'un noir orofond. Ses cheveux de la même couleur ondulaient autour de sa tête comme si elle était dans un élément liquide.

Bizarrement, je n'avais pas peur. Me contentant d'observer. La femme-mal partageait avec moi son processus, sans avoir besoin de m'y inclure, vu que c'est moi qui en étais à l'origine. Mais ça je ne suis pas sûre que j'en avais encore conscience à ce moment-là. J'ai regardé son ventre gonfler et s'arrondir. Je n'étais pas encore prête à voir ce qui aller se produire, j'ai reculé jusqu'à sentir une porte dans mon dos, j'ai tourné la poignée et m'y suis glissée à reculons. Lorsque j'ai refermé la porte, j'étais déjà ailleurs sans avoir eu à repasser par le couloir.

Je dois marcher pendant une heure pour arriver à la city où je suis « Sandwich maker ». J'arrive toujours en avance pour avoir le temps de me brosser les dents et de me coiffer un petit peu. Je trouve que j'ai maigri ce matin. J'ai l'air fatigué aussi. Je mets le café en route et je m'empresse d'en boire un avant que le patron n'arrive.

Une fois, il a essayé de me coincer dans la réserve. Il a dit que j'avais besoin de lui pour m'en sortir, que je devais faire en sorte de ne pas perdre « My job ». J'ai fait comme si je ne comprenais pas et j'ai réussi à sortir sans trop de dégâts, mais depuis, je fais toujours attention à ne pas me retrouver seule avec lui, ne pas me faire attraper avec un café ou en train de manger. J'appréhende les fins de semaine quand je dois aller chercher ma paye dans son bureau, je fais toujours en sorte d'y aller quand il y a déjà quelqu'un dans son bureau. Sa femme de préférence.

Quand mes collègues arrivent à huit heures (8), on commence notre journée de travail, jusqu'à seize heures (16), non-stop. Deux pauses de dix minutes pour aller faire pipi (2) (10). Pas plus.

Mes collègues sont russes, c'est comme ça que j'ai appris à parler anglais, avec l'accent russe. Personne n'aurait pu croire que j'étais française. Enfin, au cas où ça aurait intéressé quelqu'un.

Deux livres cinquante de l'heure pour tout salaire (2.5). Pas déclarés. Pas d'assurance. Rien. Mais on est bien content de l'avoir ce boulot.

Il y a un couple dans notre équipe, ils ont dix-huit ans tous les deux. Dix-huit ans et un enfant (36). Je me demande bien comment ils font pour payer une nourrice et un loyer.

Après mon travail, je marche encore une heure pour aller à « Victoria station » (1), où j'ai laissé ma valise. Chaque jour, je dois remettre cinq livres dans la consigne (5). La somme de mes pourboires de la journée. J'en profite pour prendre des vêtements propres et avec vingt-cinq cents, je peux accéder aux toilettes de la gare qui sont merveilleusement équipées de douches.

Je ne reste jamais très longtemps. J'ai trop peur, et honte, que quelqu'un se rende compte que je n'arrive pas réellement d'un long voyage en train. Enfin, au cas où ça aurait intéressé quelqu'un.

En repartant vers mon lieu de vie nocturne à « Warren street », je passe devant une université sur « Victoria street». Je les envie vraiment, tous ces gens de mon âge qui, eux, ont accès au savoir, aux relations humaines, j'imagine qu'ils ont des amis, une vraie vie sociale, un logement descend. Tout ce que je voudrais avoir., et que, paradoxalement, je m'empêche d'atteindre pour je ne sais quelle raison tordue de mon inconscient.

Un peu plus haut dans cette même rue, il y a une épicerie qui propose « une part de pizza pour une livre » (1)(1). Je n'y vais pas, parce que les pizzas sont meilleures qu'ailleurs, ou l'accueil plus chaleureux, mais parce que lorsque je demande au vendeur de faire chauffer la pizza, il est obligé de se retourner quelques secondes, ce qui me permet de faire glisser dans la manche de mon blouson un rouleau de «Tootsie rolls ». Ce sont de petits caramels enrobés de chocolat, extrêmement bons.

Bien sûr, je ne l'ai pas fait dès les premiers jours, mais après quelques temps, j'ai eu trop faim et trop envie.

Quand j'atteins la petite place face à « Big Ben », j'ai déjà englouti ma part de pizza. Complètement épuisée, je m'assois sur un des deux bancs et je laisse fondre un ou deux « Tootsie rolls » dans ma bouche. Tout doucement, très lentement, pour qu'ils durent le plus longtemps possible.

Aujourd'hui, il y a déjà quelqu'un d'assis sur mon banc. Un homme d'à peu près cinquante ou soixante ans. Il lit «l'Evenning standard » (11).

Aujourd'hui, j'ai très envie de dire : « Pitié, aidez-moi, j'en peux plus, j'ai faim, j'ai froid, je voudrais dormir, me sentir en sécurité, juste un petit peu ». Mais au lieu de ça, je reste gentiment sur le banc et j'attends qu'il ait fini de lire son journal pour partir.

Il ne m'a pas vu. Pas parlé. Pas regardé. Rien.

C'est ce que je suis, rien ni Personne. Je n'existe pas.

Plus que trois quarts d'heure de marche et je pourrai m'allonger et me reposer un peu (7). J'espère que je retrouverai les cartons, soigneusement pliés que j'ai laissés sous la cage d'escaliers en partant ce matin. Parce que je sais que s'ils n'y sont plus, je n'aurai pas la force de retourner en chercher dans la rue, que je devrai passer la nuit sur la dalle en béton et regarder l'heure toutes les cinq minutes, dans l'impossibilité de dormir à cause du froid, en attendant la sonnerie de mon petit réveil blanc, moment salvateur qui me rapprocherait d'un café chaud.

Un de mes collègues, un monsieur de cinquante-huit ans (58), m'a expliqué qu'il avait de la place chez lui, mais qu'il ne pouvait pas m'héberger, car il vivait seul depuis trop longtemps et qu'il risquait de céder à certaines pulsions, avec ou sans mon consentement.

Il semblerait que lorsque je suis née, les fées se soient penchées sur mon berceau et ont dit que je serai désirée. Beaucoup. Mais pas aimée.

Peut-être que si j'arrive suffisamment tôt demain matin, je pourrais piquer un « Scone ».

En attendant, je ramasse quand même des cartons en cours de route. Juste au cas où. J'espère que personne ne s'apercevra de mon manège.

Peut-être que je pourrais m'acheter une grosse pomme pour 80 cents avant d'aller dormir.

Cette nuit, comme toutes les autres nuits, depuis que je

dors sur ce sol en béton glacial, je réalise que si mourrais au cours de la nuit, ça ne changerait rien pour personne. Tous ceux que je connais continueraient à dormir, et tous ceux que je ne connais pas continueraient leur vie tout à fait normalement. Du haut de mon carton, sous ma cage d'escalier, je pense à ces gens qui dépensent du temps et de l'argent pour sauver des animaux ou des bâtiments historiques ou des voitures de collection. Et moi, je n'ai même pas cette valeur-là, pour aucun être humain sur terre.

Chaque nuit, depuis que je suis ici, je comprends que ma vie n'a aucun prix, pour personne, elle n'a pas de valeur. Moi qui croyais qu'avec mes rêves, ma personnalité, mes envies, et même mes convictions, j'étais digne d'importance, je pensais même que je pouvais être aimée. En réalité, non, ce ne sont que des illusions. Je suis rien, rien ni Personne.

Est-ce que ce sont les autres qui font que j'existe ? Si personne ne me voit, si je n'ai d'importance pour personne, alors est-ce que j'existe vraiment ? Où ne suis-je qu'une illusion ? Peut-être que je suis un fantôme, peut-être que je suis déjà morte, mais que je ne le sais pas encore. C'est vrai, après tout, ma vie ressemble à une errance parsemée de portes qui claquent, de gens qui ne me voient pas, qui m'oublient. Je ne sais pas si je préfère être Personne ou un fantôme.

Je m'assoupis légèrement et quand j'entends la sonnerie de mon petit réveil, j'ai beau le chercher, je ne le trouve pas posé sur le sol gris près de moi. La sonnerie disparaît au fur et à mesure que je constate que je ne suis plus sous une cage d'escaliers, mais dans un couloir. Je ne sais pas où je suis, par contre j'ai toujours très faim. Face à moi il y a une porte rouge, de laquelle se dégage une délicieuse odeur de nourriture, je me lève et la franchis sans réfléchir.

Je suis dans une salle de restaurant au vieux papier peint jauni. Les meubles sont en bois, lourd et vieux. Je suis debout en tenue de service, une carafe d'eau à la main, je regarde les tables du restaurant ainsi que les gens qui y sont assis pour dîner. Un gros monsieur qui sent la transpiration passe à côté de moi et me demande de me bouger « Au lieu de rester planter là ».

Je ne sais pas du tout ce que je fais là. Je ressens un malaise profond, une sensation de souillure malsaine. Je commence à suffoquer. Je cherche du regard une porte qui conduirait à l'extérieur, j'ai besoin d'air, je me sens nauséeuse. Je me précipite vers ce qui me semble être une sortie, j'abandonne ma carafe d'eau sur un guéridon juste avant de passer les portes battantes. Une fois à l'extérieur l'air glaciale me saisit à la gorge. Il y a de la neige partout, de grandes montagnes entourent ce qui semble être un village au centre duquel je me trouve.

Je vomis dans un parterre de fleurs sans fleurs. Alors que je me redresse, une force instinctive me hurle que je dois partir, je dois m'enfuir, c'est maintenant ou jamais. Alors je marche droit devant moi, en titubant d'abord, puis mon pas s'accélère et je finis par courir aussi vite que je le peux. L'air glacial, brûle mes poumons, mais je n'y attache pas d'importance, je m'enfuis sans me retourner parce que je sais que jamais je ne reviendrai.je suis libre, juste libre.

Je vais dans des vies que je ne connais pas, et je sens que je suis aussi cette personne que je deviens. À travers ces portes, je vis des moments de mon existence qui ont été, d'autres qui seront, je parcours aussi des vies qui se sont générées en fonction de mes choix. Je suis toutes ces autres, nous sommes une seule et même personne dans des réalités plus ou moins proches. J'accepte et comprends cette idée toute en la trouvant inconcevable. Je franchis une porte. Encore.

Je suis contre toi, dans tes bras, tu portes une chemise bleue. Tu caresse ma main tout doucement, je sens ta poitrine se soulever au rythme calme de ta respiration. Je ne vois pas ton visage. Je ne connais pas ton nom, mais j'ai la sensation de te connaitre depuis longtemps. Je me sens bien dans tes bras, je suis calme et sereine. Une fenêtre entrouverte laisse passer une brise légère qui fait voleter légèrement le rideau. Tu déposes un baiser sur mon front, et je me laisse glisser dans une douce torpeur.

3

Je pouvais me voir, je me nourrissais de terre, je prenais entre mes mains de grosses mottes d'une terre souple, noire, constellée de fines racines, de petits cailloux blancs, et même d'araignées. Je me nourrissais, absorbant à pleine bouche, mastiquant. Parfois de petites araignées noires s'échappaient, je les repoussais du revers de la main, en ayant conscience que je me nourrissais aussi de celles qui restaient coincées entre la terre et les racines. Ça ne me dérangeait pas, et je continuais à manger. Ancrée.

J'étais et je me voyais à la fois, presque entièrement nue, mon corps recouvert d'une terre argileuse blanche, un linge recouvrant mon entre-jambe.

Je suis agenouillée, me nourrissant des mottes de cette terre noire, dans chacune de mes mains, l'une après l'autre. Des cheveux très épais tombent le long de mon dos, je ressens une certaine inquiétude quand je me vois tourner mes yeux complétement noirs vers moi, mais je ressens que je ne me veux aucun mal.

Je reste un moment à me mourir et à m'observer. Il n'y a rien, aucun bruit, aucune couleur, uniquement la luminosité de la lune qui éclaire comme si la vie n'était qu'en noir et blanc, la lune, le noir et moi(s), et c'est tout.

Je fais un pas en arrière et suis de nouveau dans un couloir. Encore empreinte des sensations satisfaisantes, de ce que je venais de vivre, emplie, de la terre que j'avais absorbé.

Lorsque j'ouvre la porte suivante, je venais de faire 900 kilomètres pour venir le voir. Je suis venue directement à l'hôpital.

Dans le couloir de ce petit hôpital de campagne, j'ai croisé une femme qui portait une blouse blanche, je me suis présentée, j'ai dit qui je venais voir.

Elle m'a répondu : « Chambre 215 ! Mais pour les visites, c'est à partir de 13 heures ». Elle a dit ça tout en continuant de marcher, de sorte que, lorsqu'elle eut fini sa phrase, elle me tournait déjà le dos.

Il était midi 45.

Je n'ai rien dit, j'ai acheté des chewing-gums à la chlorophylle dans le distributeur. Je me suis assise dans un couloir/salle d'attente avec des chaises en plastique orange, pas confortables du tout, et j'ai attendu les quinze minutes restantes (15).

Habituellement, j'aurais fait un scandale parce qu'on me demandait d'attendre quinze minutes, alors que je venais de faire dix heures de voiture. Mais, là je n'ai rien dit. Ça m'arrangeait bien d'avoir encore quinze minutes de ma vie d'avant. Je surveillais l'heure sur une énorme pendule murale, et, dans les trente secondes qui suivaient, je vérifiais sur ma montre. En mâchant les deux chewing-gums que j'avais mis dans ma bouche. Pour me donner de la contenance, j'imagine. (151015302)

À treize heures pile (4), je me suis levée, et j'ai parcouru une deuxième fois le couloir pour rejoindre « La chambre 215 ».

À travers les portes entrouvertes, j'ai volé quelques secondes des vies qui se déroulaient dans les chambres que je dépassais. Une femme assise dans un fauteuil, veillant un homme qui avait dû être séduisant, avant de n'être plus qu'une loque.

Des pieds dans un lit, ceux d'une femme âgée, ils dépassaient du drap. Elle n'avait jamais eu trop de chance dans la vie, ce qui ne l'avait pas empêché d'être toujours gentille et reconnaissante envers tout ce qui l'entourait. Et aujourd'hui, c'est de l'amour qui l'entourait.

Le vide aussi. La solitude, l'abandon et l'oubli. Souvent tous rassemblés dans une même chambre.

Arrivée devant la chambre 215, j'ai poussé la porte déjà entrouverte, il faisait sombre, car les volets étaient fermés à cause de la chaleur extérieure. Dehors, il faisait plus de 40° à l'ombre. J'ai vu deux personnes âgées dans la pièce, dont une, qui était sous respirateur, je n'ai reconnu Personne, alors je suis ressortie. Je me suis demandée si j'étais dans la bonne chambre. J'ai vérifié sur la porte, c'était la bonne chambre, alors je suis entrée à nouveau. C'est là que je l'ai vu, dans le deuxième lit, celui du fond (4).

Ses cheveux avaient été coupés, il avait l'air tellement petit dans ce lit, et si vieux, comme la silhouette recroquevillée de celui qu'il avait été.

Je me suis rapprochée lentement. Les fils des perfusions passaient dans des bassines remplies de glaçons, ses poignets étaient tenus par des sangles de cuir. Il fixait le respirateur près de lui, comme hypnotisé.

Je l'ai interpellé, plusieurs fois. Il ne me voyait pas. Quand ses yeux passaient sur moi, ils ne s'arrêtaient pas, restaient inexpressifs. Une fille du personnel, m'a demandé le plus simplement du monde :

« Il ne vous reconnaît pas ? ».

Comme si elle ne le savait pas déjà. Ça été la première fois d'une longue série de « Je serre les dents pour ne pas me mettre à pleurer devant tout le monde ».

Je me suis encore approchée de lui jusqu'à ce qu'il n'ait plus que moi dans son champ de vision. J'ai recommencé à lui parler, à l'appeler, et son regard a changé, comme s'il sortait d'un de ces longs rêves si réalistes que l'on est tout étonné de se réveiller.

Il me regardait, puis il a parlé. Les mots qui franchissaient ses lèvres étaient incompréhensibles, mais lui ne s'en rendait pas compte. Moi, je disais : « Ben ouais, mais tu sais ceci, cela... », comme si de rien n'était et que nous avions une vraie conversation. Son regard soutenait le mien sans faillir, et dans ses yeux, nous parlions tranquillement. Il était content de me voir et il n'y avait pas d'hôpital, pas de sangles, pas de fils, pas de tubes. Rien. Juste lui et moi en train de discuter sous le grand orme devant la maison.

Je lui avais téléphoné le mercredi ou le jeudi soir, il était malade. Sûrement quelque chose qu'il avait mangé la veille et qui n'était pas passé. Un peu mal au ventre et des vomissements, rien de spécial. Il n'a pas vu de médecin.

Au cours de la journée du samedi, j'ai bien pensé à lui téléphoner. Mais je ne l'ai pas fait. Je me suis finalement décidée à prendre mon téléphone le dimanche soir.

C'est elle qui a décroché, nous avons discuté quelques minutes, puis je lui ai demandé de me le passer. Au lieu d'aller l'appeler en criant comme elle le faisait d'habitude, elle a mis sa main sur le combiné, attendu quelques minutes, puis elle a dit : « Il est en train de dormir, et tu connais son humeur quand on le réveille de la sieste ! ». Je n'ai pas insisté. Nous avons ri et parlé encore.

En réalité, il avait perdu connaissance, il gisait sur le sol depuis plusieurs heures déjà.

Cinq heures après mon appel, elle s'est enfin décidée à décrocher son téléphone, pour appeler les secours (15).

Je me demande ce qu'elle a fait pendant ces cinq (5) heures. Est-ce qu'elle a fait comme d'habitude ? Est-ce qu'elle a Bu ? Fumé ?

Est-ce qu'elle a préparé le repas en se disant qu'il reprendrait forcément connaissance à un moment ? A-t-elle allumé la télévision ? Est-ce qu'elle a posé les yeux sur la dalle en béton pour voir son corps à lui par terre ? Ou est-ce qu'elle regardait ailleurs, en passant près de lui ?

Qu'est-ce qu'elle a bien pu faire pendant tout ce temps ? À quoi elle a pensé ?

Pendant plusieurs semaines, je suis allée à l'hôpital tous les jours. Je le faisais manger, je lui parlais. Je voyais sa présence, son essence quitter son corps, un peu plus à chaque fois.

Il y a eu un jour où il n'était plus là, son corps était là branché à un respirateur, une pompe pour réguler le taux de sucre dans le sang, une sonde urinaire, une gastrique, une perfusion.

Il ressemblait à une sorte de pieuvre.

Mais lui n'était plus à l'intérieur de son corps comme s'il l'avait déjà quitté ne laissant qu'un organisme vide qui continuait à fonctionner uniquement grâce à ses tentacules pour se vider et se sustenter.

La nuit suivante, quand je suis entrée dans la chambre, ce que j'ai remarqué d'abord, c'est le silence. Puis l'inactivité. Il était mort. La toilette était faite. Les appareils débranchés. Le lit fait. Un drap était remonté jusqu'à sa poitrine, un autre savamment plié autour de son cou, de manière à maintenir sa bouche fermée.

Une dame en blanc avait gentiment placé une chaise près de son lit, pour moi.

Ensuite, alors qu'elle ouvrait la porte de la petite salle de bain, elle m'a dit que je devais prendre ses affaires personnelles. Pendant que le son de sa voix ronronnait de loin à mes oreilles, j'ai pu voir que tout était déjà emballé dans un petit sac noir, sauf ses bottines en cuir. Je crois avoir dit quelque chose sur le fait qu'il fallait lui mettre, je crois qu'elle m'a expliqué que ce n'était pas possible. Je ne me souviens pas très bien.

Après un court silence, avant de sortir de la chambre, elle s'est tournée et m'a demandé si ça ne m'embêtait pas d'être là toute seule.

Ça, je m'en souviens, car effectivement, je me suis rendu compte à ce moment-là, que j'étais toute seule dans une chambre d'hôpital aseptisée, horriblement propre et terriblement silencieuse face à une situation qui me dépassait tout autant qu'elle m'anéantissait. J'ai senti mes larmes monter, je les ai retenues si fort que j'en ai eu mal à la gorge. Elle m'a demandé si je voulais un café. « Non merci, c'est gentil ». Alors elle a demandé si je voulais un thé. « Non merci, c'est gentil ». Quand elle est partie j'avais trop bien refoulé mes larmes pour y accéder de nouveau.

Au début de la maladie, j'ai été suffisamment près de lui pour le regarder mourir. Progressivement, lentement. Après, je l'ai regardé mort. Je suis restée là, plantée à côté du lit à le regarder mort pendant des heures. Je ne me souviens pas si j'ai eu froid ou chaud, ni même faim ou soif. J'étais assise là, à attendre que le temps continu de passer.

Je me suis levée plusieurs fois pour me rapprocher de lui. La première fois, parce que j'ai cru le voir respirer. Après pour le regarder. Puis j'ai voulu toucher ses mains une dernière fois, mais je ne l'ai pas fait, car j'ai eu peur de sentir qu'il était froid. C'est la chaleur des mains de mon père que je voulais toucher. Pas un cadavre froid.

Je me suis souvenue que plusieurs années auparavant, je lui avais offert une carte postale. Une toute petite carte postale. C'était une photo en noir et blanc où figuraient trois artistes qu'il aimait bien, des hommes de sa génération. Maintenant, je regrettais de ne pas lui avoir offert un format plus grand que celui d'une toute petite carte postale. Comme si ça pouvait changer quoi que ce soit.

J'ai encore attendu, quelqu'un avait dû m'expliquer qu'il fallait qu'il soit transporté par les pompes funèbres, car il n'y avait pas de morgue sur place. Morgue. Corps. Cadavre. Dépouille.

Puis les bouts de ses doigts ont commencé à noircir, l'intérieur de ses oreilles aussi.

J'ai vu le jour se lever. J'ai entendu le bruit que faisaient les éboueurs dans la rue. La relève du personnel dans le service, le tintement des plateaux de petit-déjeuner pour les autres patients de l'étage. J'ai détesté entendre la vie reprendre son cours.

J'ai détesté comprendre que le monde allait continuer à tourner malgré tout.

J'allais devoir me lever et tout ce que j'avais vécu deviendrait réel, et je n'aurais d'autre choix que de l'affronter.

J'ai ramassé ses affaires dans la petite salle de bains et je suis sortie.

Dehors, il faisait beau, les gens que je croisais étaient propres et frais. Ils allaient travailler ou partaient à la plage. J'avais basculé dans un autre monde. Un monde différent du leur. J'avais l'impression d'être dure, froide et loin. Comme un petit rocher que ni les vagues ni le vent ne peuvent plus atteindre, car il est trop insignifiant. Je me suis assise à la terrasse d'un café. Je me sentais ma peau sur mes os, comme si la chair qui me donnait l'air vivante avait disparu. Les cernes me tiraient le visage, et j'avais des crampes dans la mâchoire à force de serrer les dents.

J'ai sorti mon téléphone portable et j'ai appelé pour prévenir le reste du monde.

J'ai bu deux cafés. Puis je suis retournée à l'hôpital.

Le médecin était déjà en train de rédiger le certificat de décès. J'ai eu envie de retourner dans la chambre pour vérifier qu'elle soit bien vide de lui. Je n'ai pas osé demander. Je n'ai pas réussi à m'asseoir, je tournais, lisais les notes et affiches concernant le matériel, les règles d'hygiène à respecter, le planning des gardes. Puis sur le tableau Velléda, j'ai vu une liste avec des noms et les soins à faire dans la journée. J'y ai lu son nom. Mon nom.

J'ai pensé que quelqu'un allait devoir l'effacer aujourd'hui, alors j'ai voulu que ce soit moi.

J'ai demandé au médecin si je pouvais. Il a eu l'air surpris, puis il a hoché la tête pour dire oui. J'ai fait glisser ma main sur le tableau. Très lentement. Je me suis appliquée. Je me suis rendu compte que c'est ce que j'allais devoir m'évertuer à faire dans les prochains jours. Effacer toutes traces de son existence.

J'ai eu envie de traverser encore la place du village à ses côtés et que la seule raison pour laquelle on s'éloigne l'un de l'autre, c'est que lui va chercher le pain pendant que je vais à l'autre bout de la rue pour lui acheter son tabac. Après, on se retrouve au café. Il boit une ou deux bières, et moi un gambetta-limonade.

Au lieu de ça, en sortant du bureau du médecin, je reviens dans le couloir gris. Je me sens terriblement triste, seule et si vulnérable. Je me sens comme une enfant après un gros chagrin, je suis groggy. Je n'ai plus rien qui me précède face à la mort, je n'ai plus ce voile protecteur qui me faisais croire que ça ne m'arriverait pas.

Il y a sûrement un cheminement que je dois parcourir et qui donne sens à tout ça. Je voudrais arrêter maintenant, je n'en peux plus, je ne fais que voguer au grès de mes tourments, de souffrance en souffrance alors que je n'aspire qu'à la paix.

J'enchaîne les portes, de plus en plus vite, pressée d'avancer, pressée de pouvoir passer à autre chose pour évoluer ailleurs. Je tourne une poignée, la porte ne s'ouvre pas. J'essaie la suivante.

Alors que nous mangions dehors, assis par terre, sur l'herbe devant le temple, une dizaine d'hommes apparurent dans un brouhaha de chevaux aux galops. Ils étaient tous armés, certains avaient des sabres et la plupart des armes à feu.

Ils sont descendus de cheval, quand ils sont passés près de nous, celui qui semblait être le chef, s'arrêta et nous scruta tous, les uns après les autres, en s'attardant plus particulièrement sur les femmes de notre groupe. Puis sans rien dire il entra dans le temple suivi de sa horde.

Ils restèrent à l'intérieur un certain temps, puis un des moines ressortit, il nous expliqua que les hommes armés étaient des mercenaires, des bandits en quelque sorte, qu'ils allaient rester au temple jusqu'au lendemain. Après un long silence, il ajouta que celui qui dirigeait la horde voulait que l'une d'entre nous passe la nuit avec lui. Il ajouta que si aucune d'entre nous ne se désignait, c'est lui qui viendrait la choisir.

Nous nous sommes toutes regardées les unes après les autres. Un homme de notre groupe est intervenu en disant qu'on ne pouvait pas accepter ça. Le moine l'a pris à part, il lui a parlé. Je ne sais pas ce qu'il lui a dit, mais ça été suffisant pour qu'il ne s'insurge plus, enfin, si je voyais qu'il fulminait, mais j'ai compris qu'il ne pourrait rien faire. Ni lui ni personne.

Je me tournais vers notre groupe et observais les femmes qui le composaient. Il y avait une petite dame d'une cinquantaine d'années, très gentille. Une très jolie jeune fille encore trop pleine d'innocence, une pré-adolescente, sa mère, et moi.

Il n'était pas nécessaire de passer la nuit à réfléchir, alors je m'avançais d'un pas vers le moine.

Après un moment de silence, il m'incitât à le suivre. Il me conduisit dans un bâtiment à l'écart, j'entrais dans une pièce sombre, recouverte de tapis, je me retournais et le regardais fermer les portes sur moi. Je me sentais anxieuse, parce que tout avait été très vite, mais je n'avais pas peur de ce qui allait se passer.

Je vis dans un coin un récipient d'eau, posé sur le côté un fin voilage et une ceinture de cuir entremêlés en une élégante tresse. J'entrepris de me laver, puis de me vêtir de ce très fin tissu, que j'ajustais à l'aide de la ceinture.

Sans m'en rendre compte j'avais dû être observée, car quand j'eus fini, une porte s'ouvrit sur ma gauche. Je m'y dirigeais lentement, j'avoue qu'à ce moment-là je me suis sentie un peu tendue. Je me retrouvais dans une salle éclairée par des bougies et des lanternes, au centre se trouvaient des tapis et des coussins sur lesquels était installé le chef des mercenaires. Il était déjà entièrement nu, au moins le message était clair. Je respirais profondément et m'avançais vers lui en espérant que la nuit ne serait pas trop longue.

Quand j'ouvris les portes, le jour se levait, une brume légère recouvrait encore les montagnes alentour, au pied d'un arbre se trouvaient le moine, assis en tailleur, parfaitement éveillé. Le temps se figea légèrement, j'observais le paysage autour, le ciel et les couleurs de l'aurore. Puis au moment où je le vis se lever et venir vers moi, je sentis mes jambes devenir cotonneuses et se ramollir, il arriva à temps pour me soutenir, je le voyais observer mon corps sans rien dire. Je réussis à articuler « La rivière…J'ai besoin de la rivière…Emmenez-moi jusqu'à elle».

Arrivée près de l'eau je fis glisser l'étole dans laquelle j'étais enveloppée. Je m'avançais vers la cascade, je glissais mes mains dans l'eau et m'en aspergeais le visage. La fulgurance des sensations et des images qui m'envahirent fut si intense que mon corps en restait figé.

Je vis tout ou presque, ce que je vis, c'est la mémoire de l'eau. Je vis d'immenses montagnes, je vis les nuages passer, les saisons les survoler. Les premiers hommes qui mirent les pieds ici. Je plongeais à nouveau mes mains dans l'eau et m'aspergeais à nouveau le visage. Cette fois, je vis la source, je sentis son appel, je ressentis ce besoin d'une union primaire. Je crois avoir entendu mon nom, mais je n'étais pas sûre que ce soit mon nom, je me tournais déjà et marchais en direction de la source.

Le besoin impérieux de la rejoindre me fit gravir des rochers perchés au-dessus du vide. Je ne sentais plus mon corps ou n'y attachais plus suffisamment d'importance pour me souvenir de la fatigue et des douleurs.

Je traversais un univers où la matière flottait, en suspension, rassemblée autour de ruisseaux, rivières ou cascades, partout autour de moi des îlots flottaient au milieu des nuages, l'eau était l'élément qui retient, qui rassemble, elle était la cohésion de ce monde. Je continuais d'avancer, poursuivant mon ascension sur la roche sombre qui longeait un courant d'eau claire. Je finis par arriver au pied d'une roche noire, striée de blanc, au centre s'échappait un filet d'eau, qui s'écoulait dans ce qui ressemblait à une cuvette naturelle, l'eau était si claire, si pure que sa transparence la rendait presque invisible. Le fond de la cuvette était tapissé de quelques grains de gravillon-sables épars, qui laissaient entrevoir les nuages et le vide en dessous.

Je ne pris pas la peine de me demander s'il y avait un fond ou si je coulerai dans le ciel à travers l'eau.

Au contact de l'eau sur mes pieds les sensations réapparurent, plus j'avançais, plus les images projetées dans mon esprit étaient intenses, je me plongeais entièrement nue dans ce bain mémoriel. Je n'en ressortis qu'un millier d'années plus tard.

À mon réveil, tous les moines avaient disparu, sauf un.

Je suis restée au temple, j'y ai vécu plusieurs vies. Enfermée ici ou libre de l'être, je ne me souviens plus.

Mes cheveux ont continué à osciller comme s'ils étaient toujours immergés dans l'eau.

Je suis seul avec le moine. Nous fonctionnons sans avoir besoin de communiquer. Notre routine est si profondément ancrée que les questions ou le doute n'apparaissent plus. Tout est basé sur le cycle de la lune. Pendant l'enseignement, je ne pense pas qu'il parle à haute voix. Je dirais plutôt qu'il me transmet son savoir comme un fluide.

Il m'enseigne une suite de mouvements, c'est la traduction d'un savoir ancestral en langage du corps, celui compréhensible de tous les hommes.

Je l'apprends, je le répète, et au fur et à mesure du temps, je finis par le comprendre.

De manière périodique, nous nous rendons dans une vallée, nous nous s'installons en son centre, sur un espace de terre nue. Nous arrivons dès le lever du soleil, après avoir marché toute la nuit. Il y a, malgré tout, une file immense de gens qui attendent déjà, à chaque fois. Nous faisons pousser les plantes.

Il suffit que nous soyons assis ensemble l'un près de l'autre, pour que le mélange de nos deux énergies, soit assez puissant pour faire se relever les plantes mortes, et gonfler celles trop petites.

Quand le soleil se couche, nous repartons. Après une nuit de marche, nous regagnons notre temple, jusqu'à la fois suivante.

Comprendre le sens du mouvement, m'a permis d'atteindre un deuxième état de conscience. Je m'entrainais et en même temps j'étais assise en méditation à côté de moi.

Puis un troisième état de conscience est apparu.

Avec l'enchainement des mouvements du corps, je me percevais assise, tout en étant consciente à l'intérieur de mon corps assis, ainsi que dans mon corps en mouvement, et je pouvais tout à la fois m'observer du dessus, sans plus de corps cette fois.

Quand le moine a fini par disparaitre, je n'ai pas voulu rester seule, je n'ai pas voulu transmettre mon savoir qu'à une seule personne.

J'ai traduit toutes mes co-naissances en équations mathématiques pour qu'elles puissent couler et se répandre de par les mondes.

J'ai emprunté une petite porte de bois rouge et j'ai disparu à mon tour.

J'arrive en courant dans une pièce qui semble être une cafétéria, les chaises sont bleues et les tables blanches. Je sais que je suis poursuivie par des militaires, ils ont des combinaisons noires et des armes.

Il y a quelques personnes qui se lève pour partir. J'aperçois un homme encore assis qui se redresse et m'observe. Je le reconnais sans savoir qui il est, je me souviens m'être déjà enfuie avec lui auparavant sans pour autant me souvenir des circonstances. Tout se déroule extrêmement vite. Lorsque je m'approche de lui, ses yeux glissent sur les militaires derrière moi, il se lève, attrape ma main et m'entraine vers une porte au fond de la salle. Nous avons couru longtemps dans des couloirs, nous cachant derrière d'énormes tuyaux de canalisations métalliques. L'odeur putride de ce monde nous accompagnant à chaque instant. Nous avions froid, nous avions faim, j'étais terrorisée la plupart du temps, mais ça n'avait pas d'importance, tout simplement parce que tu étais là, avec moi. Je me souviens une dernière fois un baiser échangé, je me souviens notre abri sous une canalisation jaune. Puis plus rien d'autre, que des couloirs gris avec des portes rouges.

Je suis une plante, mes racines sont ancrées dans une terre aride, sombre, sèche. Tout ce qui m'entoure est hostile, la lumière ne m'atteint pas. Jamais.

Je n'arrive pas à m'épanouir.

J'essaie de changer ce qui est autour de moi, je m'escrime à faire en sorte que mon environnement évolue et soit bon pour moi. Jusqu'au jour où je comprends que rien ne changera, et que ce n'est pas la solution, si je veux m'épanouir, c'est à moi de changer, de me déplacer.

Alors c'est ce que je fais, j'extrais mes racines du sol et m'éloigne pour aller me mettre plus loin, ailleurs, dans la chaleur de la lumière. D'abord j'ai ressenti un immense soulagement, puis je me suis sentie rassurée, satisfaite, j'ai goûté à la plénitude. Enfin, je me suis sentie emplie d'un amour inconditionnel, immense, un amour qui va au-delà de, au-delà de tout, tout ce qui est vivant et tout ce qui ne l'est pas, quoi que tout le soit.

Je n'ai pas réussi à faire perdurer cet état, il ne tenait qu'à moi, mais je n'ai pas réussi, je suis retombée dans les couloirs, à travers une porte rouge. Le temps de mon passage le couloir a basculé, les portes se sont retrouvées sur le sol et le plafond, je n'ai fait que traverser.

L'heure est venue. Je suis enfermée dans une toute petite pièce circulaire, la pièce 45, la lumière y est grise, comme un jour de gros orage, sauf que maintenant, c'est comme ça en permanence, il n'y a plus ni nuit ni jour, juste une sombre luminosité.

Les bruits à l'extérieur de la pièce me parviennent assourdis à cause de la lourde porte métallique.

Il me reste encore un peu de temps, je me redresse et m'approche de la fenêtre arrondie, comme un cercle ou la fin et le commencement se rejoignent pour ne faire plus qu'un, on dirait un hublot qui m'offre une vue sur la ville.

Enfin, sur ce qui reste de la ville. Tout a été pillé, défoncé. Il n'y a plus une seule vitre ou fenêtre qui ne soit pas explosée. Comme si la violence et la destruction avaient été un gage de liberté ou de survie. (1) (1).

En fait, je ne sais même plus comment on en est arrivé là.

Lentement, j'observe les ruines noires des bâtiments, les rues désertées, les Carcasses de voitures qui n'ont pas bougé depuis des années.

La nature n'a pas repris ses droits, j'imagine que c'est parce qu'il n'y a plus assez de luminosité.

Je n'ai plus ma place ici, je m'impatiente presque dans cette calme finalité. Je ne suis, malgré tout, pas aussi sûr et sereine que je le souhaiterais.

J'ai froid, j'aurais bien aimé sentir la chaleur du soleil sur ma peau une dernière fois.

J'entends des bruits sourds derrière la porte. Ils arrivent.

Je me retourne lentement, j'attends.

La porte s'ouvre brusquement, ils sont trois (3). Je les vois se placer de manière stratégique autour de moi. Je ne vais même pas essayer de lutter, je n'en ai plus la force, ni l'envie, tout ce que je souhaite, c'est partir, être enfin libérée de mes tourments et rejoindre mes enfants.

Je le regarde dans les yeux, je suis satisfaite que ce soit lui qui soit là.

J'aime beaucoup son regard sombre. Dans une autre vie, j'aurais sûrement aimé le séduire, mais ici nous n'avons fait que nous battre, nous affronter. Pendant tellement d'années.

Je me demande ce qu'il fera après, il a passé la majeure partie de son temps à me chasser et me pourchasser, je vais sûrement laisser un grand vide dans sa vie.

Je suis émue de penser que je vais manquer à quelqu'un dans ce monde.

Ses deux acolytes me saisissent par les bras et me poussent vers le couloir. En franchissant la porte, il me semble sentir l'odeur de la sauge. Je sais que je ne reviendrai pas dans ce couloir, seule la détonation du calibre 45 fera le chemin retour.

Je sens des larmes couler tout doucement sur mes joues. Je ne suis pas triste, je ne suis pas en colère. Je me sens soulagée finalement. Je savoure la douceur de leurs caresses humides sur mon visage, comme un dernier geste de tendresse que je m'adresse.

J'ai fermé mes yeux et je suis retournée là-bas. Dans notre jardin, sous le cerisier, avec le vent, le soleil et la vie si douce.

Au lieu du jardin et de la lumière du soleil, je suis dans un couloir gris, je me tiens debout devant une porte rouge. Je touche l'arrière de mon crâne. Rien.

Me dirigeant vers une nouvelle porte, je me suis demandé ce qui construit les mondes et induit leur fonctionnalité, peut-être chacun de nous est architecte de son propre univers, où s'entrecroisent ceux des autres.

Quand elle est entrée dans le bar, ils étaient contents de la revoir.

Huit mois qu'elle était partie se mettre au vert (8). Paraît même qu'elle avait fait une cure de désintox pendant au moins trois mois (3).

C'est vrai qu'elle était plus jolie maintenant. Ses cheveux blonds n'étaient plus gras et filaces, mais propres et ils avaient même l'air très doux. Son teint était si clair et sa peau si lisse qu'on lui aurait donné dix ans de moins (10).

Elle a commandé un gambetta-limonade et allumé une «Pall-mall ».

Ils ont ri, l'ont charrié, nargué, ils se sont foutus de sa gueule. Ce n'est pas un petit verre qui allait lui faire du mal après tout ce qu'elle s'était envoyé.

Non, ce n'est pas un petit verre qui allait lui faire du mal.

Elle était trop jolie, trop gentille, trop petite et trop menue, trop fragile et surtout trop naïve au milieu de ces loups.

Ils ont continué de rire et de se moquer. On aurait dit que toute l'activité du petit bar ne tournait plus qu'autour de ça : elle est revenue, elle boit un gambetta-limonade.

Peut-être que ça les faisait chier de voir qu'elle, elle avait réussi à en sortir et pas eux.

Ils ont continué à la chercher et à la provoquer un peu.

À un moment, elle s'est dit qu'elle était bien. La lumière du soir éclairait une partie du petit bar trop sombre. Elle a pensé aux soirées d'été chez son père, quand ils étaient tous attablés sous le grand orme devant la maison.

Elle était toute contente d'avoir un nouveau portable. La semaine précédente, elle avait profité d'avoir un peu de forfait pour téléphoner à ses frères et sœurs, histoire de leurs donner son nouveau numéro.

À un moment, elle était bien. Après elle a commandé une bière, un « Demi ».

La violence avec laquelle ils ont porté les coups a provoqué une hémorragie. Quand elle a perdu connaissance, leurs cerveaux, imbibés d'alcool, ne leur ont pas permis de réfléchir correctement. Ils se sont dit qu'ils n'avaient qu'à la foutre dehors et à appeler les secours. Ils pourraient toujours dire qu'elle avait été agressée en sortant son chien et qu'ils l'avaient trouvé comme ça, devant le n°136 du boulevard gambetta.

Ils ont enveloppé son corps nu dans une couverture avant de déposer le tout par terre, sur le trottoir. Après l'avoir regardé comme ça, avec ses cheveux tout gluants de sang et son visage tellement déformé par les coups, qu'elle était méconnaissable, ils se sont dit qu'il fallait peut-être mieux la faire glisser en partie dans le caniveau pour que ça fasse plus vrai.

Ils se sont éloignés vers une cabine téléphonique un peu plus haut sur le boulevard.

Ils ont regardé les pompiers (18) puis le Samu (15). Ils se sont dits qu'ils avaient été un peu loin puis ils sont repartis chacun de leur côté, tranquillement. C'est vrai qu'il n'y a pas grand monde sur le boulevard Gambetta à deux heures du matin en plein hiver (2). Si on écoute bien, on peut même entendre la mer.

La lumière d'un très grand écran devant moi m'aveugle un instant, juste le temps de m'habituer. Un mélange d'odeur de nourriture fraîche, moins fraîche et plus du tout fraîche me saisit.

Je pose la télécommande que je tiens dans la main et essais de me lever. Je n'y arrive que très difficilement, je suis énorme, je dois peser plus d'une centaine de kilos. Mes articulations me font souffrir dès que je fais un pas. Il y a des détritus partout autour de moi. Sur les meubles, le sol, l'évier déborde de vaisselle. Il y a des bouteilles de vin vides posées un peu partout.

Je me dirige vers la seule fenêtre de la pièce, je vis au milieu d'immeubles si hauts que, de là où je suis, je n'arrive pas à en apercevoir les sommets.

Je cherche les toilettes, je passe devant une pièce qui doit être ma chambre, je ne dois pas y dormir, car je devine à peine le lit sous un tas de linge, et de sacs de je ne sais quoi. Pendant un court instant, je me dis que ce serait bien si je commençais à ranger, puis en ouvrant la porte des toilettes, je me dis que je m'en fiche, il y a trop à faire, c'est trop insurmontable, alors je ne le fais pas du tout.

J'ai des difficultés à me mouvoir dans ce corps, mais j'y arrive suffisamment pour aller chercher un paquet de biscuits dans un placard et une bouteille de bière dans le réfrigérateur. Par la fenêtre, je vois passer des drones-livreurs.

Ça me donne envie de me commander une énorme pizza au fromage, et des bouquins. Mais je n'ai pas assez d'argent, peut-être que je pourrai me faire ce plaisir le mois prochain.

Je retourne sur mon fauteuil et quand je m'y assois, je ressens un tel réconfort, un vrai plaisir d'être là, je suis si bien, si tranquille, toute seule, en sécurité, je peux faire tout ce que je veux. Il n'y a personne pour me juger.

Je vérifie mon téléphone au cas où, j'aurais raté un appel pendant que j'étais aux toilettes, mais non, évidemment, mon téléphone ne sonne jamais.

Avant de penser à quoi que ce soit, je reprends ma télécommande et regarde une sélection de programmes choisis pour moi, par un logiciel qui enregistre mes goûts et anticipe mes besoins.

Quand je me réveille, il fait déjà nuit, mon appartement n'est éclairé que par la lumière de l'écran. Je me dis que ce serait bien si je trouvais du travail.

La télévision diffuse une information sur les soirées chics organisées au centre-ville. Je n'y vois que des filles minces et belles, portant des robes plus jolies les unes que les autres. Dire que moi aussi, j'étais là-bas, avant, je n'ai pas envie de me rappeler comment je suis arrivée ici. Il y a certes, moins de paillettes, mais au moins je suis en sécurité, toute seule, pas d'obligation autre que mes envies et mes besoins, à moi.

Ce serait bien si je perdais du poids, j'arriverais à me déplacer plus facilement, je pourrais sortir, j'aurais plus de chance de trouver du travail, et je n'aurais pas l'impression que les gens me regardent et me juge.

Peut-être qu'il y aurait des hommes qui me trouveraient belle, et peut-être, même que je pourrais être aimée.

Je me lève et sors un sac poubelle, que je remplis de déchets. Puis un autre et encore un autre. Ça va assez vite finalement. Je vais changer de chaîne pour entendre un programme qui m'intéresse, je trouve un documentaire sur les pyramides d'Égypte que je laisse en fond sonore le temps de finir de nettoyer l'espace cuisine. Quand c'est fait, je suis ravie, je me sens satisfaite. J'ai pas mal transpiré alors je décide d'aller prendre une douche. Je passe par ma chambre et cherche des vêtements propres. Je n'en trouve pas ou du moins je ne suis pas sûr, alors je sens et en choisis qui sentent moins mauvais que les autres. Je commence à faire un tas de ce qui sera à laver, puis je m'arrête.

Quand j'entre dans la salle de bain, il y a encore des affaires partout, la poubelle déborde, l'odeur est extrêmement désagréable. Je ne trouve pas de serviette qui sente bon, elles ont toutes une odeur de moisi, je n'ai pas envie de m'essuyer avec une serviette pourrie.

Je pose mes vêtements sur le bord d'un meuble. Je me dis que demain matin, je me lève, je mets des machines à tourner, je fais un peu d'exercices et je finis de ranger tout l'appartement.

Je retourne m'asseoir dans mon fauteuil, le documentaire sur les pyramides est terminé, c'est maintenant un reportage culinaire. J'ai faim, j'ai trop envie de manger un bon plat en sauce, bien cuisiné, mais je déteste cuisiner.

Je pense à nouveau à me commander une pizza au fromage.

Pendant que je change de chaîne, je me dis que si je range tout l'appartement ça me fera faire de l'exercice, il vaut mieux que j'y aille progressivement, après tout ça fait longtemps que je n'ai pas fait de sport. Je réfléchis encore et je sais que s'il me reste du vin ou des biscuits, je les consommerai forcément. Le mieux serait que je commence lundi. Dès lundi, je me lève, je me fais livrer des fruits, des légumes, de la salade, je range et je fais du sport.

En attendant, il faut bien que je finisse ce que j'ai, j'en profite maintenant comme ça dès lundi, je serai opérationnelle.

J'ai faim. Je regarde encore un épisode de ma série et après, je me commande une pizza au fromage.

J'ai mangé tous les fruits et la salade dans la journée de lundi, je n'ai pas réussi à me tenir à trois repas dans la journée, je me suis dit que le mieux ce serait que je mange tout et comme ça après je jeûne pendant trois jours, je remange uniquement des fruits et ainsi de suite pour arriver à perdre du poids plus facilement. Il reste des légumes dans le réfrigérateur, mais je n'ai pas envie de les cuisiner. Je ne peux pas faire de sport, car quand je me lève, j'ai la tête qui tourne.

J'ai quand même repris une bouteille de vin en me disant que je boirai un petit verre par repas, mais je suis en train de la finir. J'ai la sensation de m'assoupir et quand j'ouvre à nouveau les yeux, je suis assise par terre devant une porte rouge. Avec le sentiment d'une incommensurable solitude dans le cœur. Je fini par me levée, encore un peu triste mais je ne me souviens pas pourquoi, pas plus que je ne sais pourquoi j'ouvre la porte face à moi.

J'ouvre les yeux, première chose : je ne sais pas où je suis, deuxième : ni pourquoi j'y suis, troisième : j'ai les dents qui collent, donc j'ai bu, beaucoup bu. J'ai envie de me laver les dents, de sentir la fraîcheur du dentifrice dans ma bouche puis la douceur de l'eau après. (123)

J'ai envie de me plaindre, car je trouve que j'ai une sale tête dans le miroir et que je ne pourrai pas retourner me coucher, parce que j'entends les enfants qui se réveillent, j'ai envie de cet instant, j'en ai envie à crever.

Arrête. Arrête de penser. Arrête de ressentir. Regarde

autour de toi. Je suis allongée sur le sol à l'entrée d'un bâtiment. Mon corps en partie à l'intérieur, mes jambes coincées dans la porte vitrée restée entrouverte.

Merde mon arme est sortie, posée par terre près de moi, je sors le chargeur, il manque trois cartouches. Merde. Je ne me souviens pas de ce que j'en ai fait.

J'ai mal au crâne, je dois trouver un endroit pour me cacher le temps que ça passe, j'ai envie de boire nom de dieu. Les salles que je traverse sont sombres, il y a du matériel médical en vrac, renversé partout.

J'ai trouvé une petite cache dans une pièce qui ressemble à une ancienne salle d'auscultation. Cachée, sous des tables renversées et de gros blocs de béton qui s'enchevêtrent tout autour de moi, je me sens protégée. Le dos appuyé contre une porte en bois rouge, je me laisse tomber dans le gouffre sombre qui m'envahit.

Pendant que je dormais, sans bruit, de la poussière s'est déposée délicatement sur moi, si j'attends encore un peu, peut-être, finira t'elle par me recouvrir complétement et me faire enfin disparaître. J'ai rêvé que nous allions nous réveiller tous les trois (3).

Je vois du soleil à travers les planches qui barricade la fenêtre.

Je vois aussi de la poussière qui danse dans un rayon de soleil, comme si de rien n'était, comme avant, comme toujours, loin des hommes et de leur connerie.

Je finis par réaliser que le soleil est apparu, mais je ne réagis pas.

De petits grains de poussière, devenus dorés par les caresses du soleil, qui dansent dans la lumière. Chacun de ces grains de poussière portant une image, un souvenir, une émotion lointaine.

Dans le premier, je nous revois, les enfants et moi, dans le jardin devant la maison, à l'ombre du cerisier, il fait jour, il fait beau, on a un peu chaud, ce doit être le printemps ou le début de l'été.

Je peux entendre le souffle du vent sur l'herbe. Il y a un

voisin au loin qui tond sa pelouse. Je suis allongée sur une couverture, ma fille près de moi dans sa robe de princesse préférée, celle qui est mauve avec des paillettes, elle est en train de lire un livre sur l'exploration spatiale.

Je regarde mon fils qui dort dans un nid de tissus que je lui ai fait, avec de jolies couleurs, jaune et bleu, je caresse ses petites mains et sa petite tête. Je peux me retourner et voir le chat couché à l'ombre des pieds de tomates. Mais quand j'essaie de me concentrer pour en sentir l'odeur, le souvenir s'estompe puis s'efface.

Dans un autre grain de poussière, je nous vois chanter en marchant dans la neige sur le chemin de l'école. Ma fille marchant dans mes pas pour éviter de mouiller son pantalon, et mon fils dans mes bras.

Le tapis de l'hôpital, le cerisier devant la maison, l'odeur du bois dans la chambre, la respiration des enfants qui dorment encore.

Les grains de poussière tournoient, s'entrechoquent et finissent par se mélanger. Encore un hôpital, cette fois, c'est mon père que j'y vois mourir encore une fois, j'ai beau essayer, je n'arrive toujours pas à voir ma sœur.

Puis, apparaît notre premier appartement, à la lumière du réfrigérateur resté entrouvert, je peux apercevoir le chat dans le couloir, qui s'efface pour laisser place à des équations mathématiques qui elles-mêmes se transforment en portes rouges.

Je n'ai plus envie de voir, je n'ai plus envie de sentir ces bulles de souffrances, qui éclatent parfois, et me brise un peu plus à chaque fois.

Je serais tellement satisfaite de m'éteindre maintenant, allongée dans la poussière, à moitié ivre, à regarder les rayons du soleil à travers ces vieilles planches.

Je suis trop fatiguée pour me lever, mais si je ne me lève pas pour recharger mon organisme en vitamine k, je serai encore plus épuisée.

Quand je suis trop fatiguée je me trouve toutes les excuses du monde pour ne pas me lever. Là, en l'occurrence, je me dis qu'en partant du principe que les événements de transfert de flux, ont lieu toutes les huit minutes (8), que ces couloirs d'énergie entre le soleil et la terre se forment au niveau de l'équateur et qu'ils se dirigent vers le pôle hivernal, je peux donc ne pas me lever maintenant, j'attendrai le prochain.

C'était devenu les seuls petits instants où l'on pouvait sentir la chaleur du soleil, le reste du temps il restait caché ou plutôt camouflé derrière une épaisse couche de crasse nuageuse et polluée. C'est comme si une trêve était instinctivement décrétée au centre de chaque cylindre énergétique, tous s'immobilisaient et dressaient leurs visages et leurs corps en direction du ciel, ressentir le bien-être des rayons du soleil, de sa chaleur, sur nos peaux était devenu vital.

J'ouvre la bouteille, je la regarde en me demandant si c'est vraiment une bonne idée, je suis bien là, est-ce que j'ai vraiment besoin de plus ?

Et oui, j'ai besoin de plus, je ne veux plus ressentir cette douleur chronique qui m'arrache la poitrine à chaque fois que je respire ou que je pense.

Je bois une grande gorgée qui me brûle la gorge et le ventre, puis une autre et encore une autre, je m'anesthésie pour ne plus avoir conscience, ne plus souffrir.

Je m'oblige à ramener mes pensées vers des images plus légères, plus futiles. Alors je me souviens comment dans une autre vie, je venais chaque matin dans les bureaux qui se trouvent juste au bout du couloir.

Je venais en courant, armée de mes baskets de sports, d'une montre chronomètre et d'affaires de rechange soigneusement pliés dans mon sac à dos.

J'adorais ça, j'avais la chance de longer le fleuve un long moment avant de remonter vers les rues de la ville, le paysage était si différent chaque fois, que je ne me lassais pas.

Dès mon arrivée, je faisais couler un café, avant de profiter de la douche, mise à disposition du personnel.

L'eau brûlante faisait rougir ma peau, et au moins, je n'avais pas froid en sortant.

J'aimais bien ces moments de solitude, je les aimais bien, car en fait, ils n'étaient que des instants, et qu'à cette époque solitude ne rimait pas forcément avec isolement.

Le soir, quand j'étais trop fatiguée pour rentrer à pied, je prenais le bus, ce qui rallongeait mon temps de trajet, mais ça ne me dérangeait pas, bien au contraire.

J'aimais bien prendre les transports en commun, bien fatiguée, dans une bulle hors de l'espace et du temps, en sécurité dans le présent.

Je sortais un livre qui restait ouvert sur mes genoux, car je passais tout le trajet à rêvasser en regardant par la fenêtre.

Parfois, j'imaginais que j'étais une grande chanteuse de rock, je faisais des tournées mondiales, complétement dépravée. Parfois, je me disais que ça me plairait bien d'aller vivre dans un couvent, au calme.

A travers ces vitres et ces kilomètres, j'ai été reine de France, moine bouddhiste, championne d'athlétisme, Einstein ou son équivalent, princesse, Robin des Bois. J'ai construit des foyers d'hébergement, j'ai nagé avec les dauphins, marché sur l'île de Pâques, regardé des aurores boréales de Reykjavik.

Je savais bien que certains de ces rêves, ne se réaliseraient jamais, pour d'autres, j'y croyais sincèrement, je me disais qu'un jour ce serait possible.

Aujourd'hui, je regrette de ne pas avoir accompli plus de choses. Même des choses toutes simples, je ne savais pas la chance et la richesse de ma vie d'avant. Je ne savais pas la saveur des couleurs, la douceur des journées qui se suivent à la lumière du soleil.

J'ai fini par m'endormir. J'ai rêvé que je tenais une tasse de café chaud entre mes mains, je regardais la fumée se dégager de la tasse, mais je n'arrivais pas à boire, car je me brûlais les lèvres. J'ai l'impression d'avoir passé toute la nuit à attendre que mon café refroidisse, sans pouvoir le boire, je me suis réveillée avant d'y arriver.

Peut-être que c'est parce que je ne me souviens plus du goût du café.

Il est temps de partir maintenant, je me relève, dégage quelques objets pour me glisser vers l'extérieur de la pièce. Je remonte le couloir vers la sortie, il y a une porte rouge posée en plein milieu du passage, je la contourne et ressors par la porte vitrée que j'ai utilisée pour entrer. Je passe par ce qui avait été le jardin botanique, et alors que je traverse l'ancien petit zoo, je la vois allongée sous un arbre.

Sa jambe est cassée, la peau déchirée laisse passer le tibia et le péroné. Son corps est à moitié noir et bleu, elle gît dans une immense tâche noirâtre. Je ne sais pas si elle est morte avant ou si d'avoir trop attendu que quelqu'un vienne l'aider. Elle doit avoir douze ans. Et moi, je marche, je passe.

Je la regarde et je continue d'avancer en silence, je ne parlerai certainement jamais d'elle. Mais peut-être que je continuerai d'y penser encore longtemps, car elle me renvoie à cette vie que j'avais avant. Les enfants, le parc, l'aire de jeux. Et à celle qui est la mienne maintenant.

Je me demande si nous sommes encore des êtres humains.

Aujourd'hui, je ne sais plus pourquoi je continue à survivre, alors que je pourrais être avec eux.

Je me souviens, le soleil, notre jardin. Quand on jouait à sauter dans des tas de feuilles d'automne, et après, on mangeait dehors, on râlait après le chat qui montait sur la table et on ne répondait pas au téléphone qui sonnait dans la maison, parce qu'on était bien, et qu'on avait envie de le vivre ensemble ce moment.

C'était bien, c'est loin, fini, maintenant il fait froid et il n'y a plus de soleil. Les seules choses qui me rapprochent le plus de la vie, ce sont les cadavres des humains qui n'ont pas encore été brûlés.

Et je ressasse encore et encore, tout tourne dans ma tête comme des serpents dans un bocal infernal, sans discontinuer, sans jamais s'arrêter.

J'aimerais tellement rejoindre le silence, mais je ne m'autorise pas la quiétude, je me sens responsable, d'eux, de ce qu'il leur est arrivé, je suis leur mère et pour ça, je ne peux reposer en paix.

À la sortie du parc, j'entre dans une pièce, la clarté du jour n'y est pas présence, la chaleur du dehors non plus. Je perçois une forte odeur de poussière, et pendant que je réalise que c'est une pièce très ancienne, je sens le froid et la peur monter en moi.

Je sais que si cette pièce est ancienne, alors elle sera peuplée d'esprits, d'âmes perdues, je sais qu'elles voudront me parler, me raconter pourquoi elles sont là.

Je frissonne et commence à voir leur aura se dessiner tout en se rapprochant de moi. Mes frissons se transforment en angoisse profonde, je vois une porte sur ma droite, je cours l'ouvrir et me réfugie dans ce qui semble être un sas. Une femme est entrée avec moi, elle est morte depuis longtemps, mais elle ne le sait toujours pas. Elle commence à se déshabiller, elle porte une chemise faite dans un tissu d'un joli imprimé parme, agrémenté de petites fleurs jaunes. Lorsqu'elle l'enlève, je vois son torse, gris et asséché.

Je n'ai pas du tout envie de l'aider, je n'ai pas envie de l'écouter. Je m'enfuis encore par une autre porte, et me retrouve dans un grand couloir. Les murs sont orangés, le sol est recouvert de vieux linoléum gris. Ce couloir ressemble à celui d'une administration des années quatre-vingt (80).

Soudain, j'entends une voix très forte qui s'adresse à moi à travers le plafond. Je cours, terrorisée, je glisse, je tombe, je me relève. Je suis terriblement essoufflée, la panique m'empêche de penser, alors que j'entends la voix me demander : « Tu es sûr que c'est ce que tu veux ? Voir et comprendre ? Tu ne pourras pas revenir en arrière ».

Je passe près de bidons en plastique entassés contre un mur, et me précipite vers la porte juste derrière. J'arrive dans une pièce, qui se trouve au milieu d'un désert. Un vent léger passe par une des ouvertures dans le mur et fait voler délicatement un rideau, vieux, délavé, et qui s'étiole.

Il n'y a ni toit, ni fenêtre.

Il y a toi au centre de la pièce.

Tout semble à l'abandon, des objets poussiéreux traînent par terre, un vieux matelas est posé dans un coin, des bouts de cartons jonchent le sol.

Je comprends que tu erres ici depuis très longtemps parce que tu avais choisi de te délivrer de la vie qui était en toi. Tu avais besoin de retrouver ton chemin pour pouvoir partir ailleurs. Et tu viens de le faire, retrouver ton chemin.

Ton errance est enfin terminée. Tu es enfin libéré et tu peux partir. C'est toi qui m'as fait venir ici, pour m'expliquer tout ça, pour que je le comprenne.

Quand tu disparais, je me sens soulagée, une partie de moi est en paix, je sais maintenant que tu vas bien. Je ne réalise pas tout de suite que j'ai quitté une partie de ton univers pour revenir dans une suite de couloirs infini.

Elle est peut-être là mon errance. Peut-être que je ne ressortirai jamais, peut-être que je continuerai à errer dans ces couloirs pour l'éternité, à revivre en boucle les mêmes évènements. Mais, peut-être n'est-ce pas une errance, mais autre chose.

Je ne prenais même plus la peine d'hésiter, de réfléchir, ni même d'avancer plus ou moins au hasard des couloirs, peut-être que chaque couloir contenait les mêmes portes dans lesquelles je devais m'engouffrer, que je le veuille ou non, que je le choisisse ou pas. Si je voulais remonter à la surface, il me faudrait toutes les affronter.

Je te hais, car je sais à quel point tu peux être mauvais, mais quand tu vas mal et que je te regarde dans les yeux, je vois que tu n'es qu'un homme, un homme parmi les hommes. Un homme avec ses peurs, ses doutes, ses espoirs, et un homme face à une femme. Celle que toi, tu as choisi, et qui n'a pas eu d'autres choix que de se soumettre. Se soumettre pour survivre. Enfin, si on peut appeler ça survivre.

Je n'ai pas baissé les yeux, jamais, j'en ai subi des sévices, aussi divers que variés, à cause de ça, mais je n'ai pas cédé.

Je ne pouvais pas céder, c'est la seule chose qui m'appartenait encore, pour le reste, tu m'as possédé et dépossédé par la même, d'un certain nombre de choses.

J'ai appris beaucoup finalement auprès de toi.

Ta faiblesse a été de me vouloir au point de me garder en vie, ta faiblesse et ton tort. C'est à mes mains, que tu as mis des chaînes, mais c'est moi qui te possède et maintenant, c'est moi qui vais te déposséder. Et c'est ta vie que je vais prendre, car en me prenant, c'est toi que tu as rendu vulnérable, vulnérable et dépendant.

Tu ne dis rien, peut-être que tu ne sais pas, peut-être que c'est parce que tu sais que tu ne dis rien.

Ça me fait mal, je suis triste, peut-être que je culpabilise, je ne sais pas si je me suis attachée à toi. Je ne crois pas que ta présence me manquera. En tout cas, maintenant, je me sens triste que tu ne sois plus vivant. Si je te touche, tu vas être froid. Je n'ai pas tellement envie de sentir l'inertie de ton corps sous mes doigts.

Je l'ai étripé, j'ai ouvert son ventre avec sa dague, je l'ai enfoncé si profondément que j'ai senti ma main glisser le long de sa chair ouverte à l'intérieur de son corps. Au début rien, aucun son, aucune action, le temps est figé, il ne se passe rien. Je suis là face à lui, ma main dans son ventre, c'est chaud, on se regarde dans les yeux, il a l'air étonné et puis d'un coup le rugissement de douleur, les flots de sang. Je continue de le regarder lisant sur son visage la peur, l'incompréhension et la douleur.

Je ne ressens rien. Il tombe en arrière en effleurant mes mains, je sais bien que c'est sa plaie qu'il voulait atteindre, mais je suis touchée par le fait qu'il est effleuré mes mains, un peu comme un dernier geste de tendresse à quelqu'un que l'on a aimé, mais que l'on quitte.

Si j'ai envie de te toucher, de caresser ton corps, c'est parce que je me suis attachée ? Je ne sais pas, si c'était possible est ce que j'aurais envie que tu te réveilles maintenant ? Je me sens mauvaise car je me suis servie de ce que j'étais pour gagner ta confiance et tes sentiments, ou plutôt tes sentiments puis ta confiance, puis je t'ai tué. Je ne trouve pas que ce soit très correct comme comportement.

Je pose ma main sur ta poitrine comme un dernier geste d'adieu.

Je me redresse lentement sans te quitter des yeux, j'ai très peur de ta réaction si tu te réveillais maintenant, je recule doucement jusqu'à la porte et ne m'arrête qu'en la sentant contre mon dos je cherche la poignée à tâtons et la tourne sans faire de bruit. Une fois dans le couloir je referme la porte très lentement, comme si je ne voulais pas que tu sois peiné en t'apercevant de mon départ. Comme si je ne voulais pas que tu saches que je t'avais aimé dans une ville appelée Stockholm.

Je suis dans un couloir décrépit et sombre, je pensais m'en être sortie, au lieu de ça, ma tête me faisait si mal que les sons me parvenaient déformés, dans une espèce d'écho lointain, j'avais l'impression que la lumière me transperçait les yeux et le crâne, le reste de ce que je voyais ressemblait à des figures géométriques colorées et mal emboîtées, je ne pense pas que je visualisais quoi que ce soit correctement, j'avais l'impression que mon crâne était comprimé tellement fort, que j'en vomissais quelque chose d'étrangement blanc.

J'avais mal, j'avais la sensation de tomber à la renverse, j'avais tellement envie de m'allonger.

Marcher. Une jambe après l'autre. C'était dur, mes jambes étaient si lourdes.

Je m'appuyais sur les murs d'un couloir délabré, je n'arrivais pas à me souvenir si j'avais déjà emprunté ce couloir, tout avait été si confus et irréel.

Glissant sur le chambranle d'une porte, je tombe à genoux à l'entrée d'une grande pièce, qui me parait encore plus sombre que le reste de ce monde.

Il y a un corps au centre, une femme est allongée par terre, sur un tapis, elle est brune, ses cheveux sont longs, éparpillés en corolle autour de sa tête. Son corps est filiforme, elle porte des sous-vêtements noirs.

Son ventre est entièrement ouvert, ses intestins débordent, sa gorge est tranchée. Elle est allongée sur le dos, les bras et les jambes écartés, comme une étoile, sa tête est basculée en arrière à cause de sa gorge tranchée, ses yeux sont grands ouverts, les pupilles dilatées, intégralement noires qui contrastent avec le reste de son œil qui est blanc. Il y a de petites taches de sang éparses sur son visage.

D'autres femmes sont debout autour d'elle. L'une d'entre elles se retourne et me fixe de son regard vide. Je me recule, m'agrippe au mur de toutes mes forces et continue d'avancer dans le couloir. Une jambe après l'autre. Stabiliser mes pieds pour ne pas flancher. Ne pas abandonner. Pas maintenant.

Marcher encore et encore. Je vomis. J'avance. Je tombe, m'agrippant au mur pour me relever, je ne pouvais pas flancher. Je voulais partir, je ne voulais pas rester ici. J'avais trop mal à la tête, je vomissais encore, c'était trop difficile, j'avais des vertiges, c'était trop dur, je voulais m'allonger, juste deux minutes, j'étais trop fatiguée, je me disais « Juste deux minutes après je repartirai », mais je ne pouvais pas. Au fond de moi, je savais que si je m'allongeais, c'était fini, je n'aurai pas la force de me relever et je me serais arrêtée là où j'étais. Définitivement. (2X2).

Je devais faire abstraction de mon corps, de ma tête. Mon dos me faisait souffrir, je ne pouvais plus bouger mon bras gauche. Je glissais dans mon propre sang. Je ne devais pas savoir d'où il coulait, je ne devais pas comprendre les douleurs de mon corps à ce moment-là.

Je devais juste avancer plus vite. Je me concentrais

uniquement sur les mouvements que je devais faire pour avancer. Me redresser et avancer, c'est tout ce que je devais me contraindre à faire, ne pas penser, ne pas voir. Avancer. Juste avancer.

Des couloirs sombres débouchent dans un gigantesque tunnel, entièrement carrelé de blanc. Une forte lumière blanche emplie tout l'espace, je n'arrive pas à voir d'où elle provient. En avançant, je vois qu'il y a d'autres personnes qui errent dans le tunnel, ils vont tous dans la même direction. Ils marchent et trébuchent sur des montagnes d'immondices et autres déchets que je ne saurais ni décrire ni même reconnaître. J'essayais de grimper les décombres de ce qui avait dû être un immeuble. Lorsque j'ai entendu arriver derrière moi, le pas précipité de plusieurs personnes, je ne sais pas qui ils étaient, mais la terreur viscérale qui me saisit, me fit comprendre que je devais fuir.

C'était terrible de ne pas arriver à avancer assez vite, mon cerveau fonctionnait normalement, mais mon corps était terriblement lourd. Si lourd, je me disais aller, vas-y avance, je soulevais une jambe puis l'autre avec une lenteur terrifiante.

Je suis trop lente, je dois me cacher.

Je me couche dans une espèce de caisse de verre avec une armature faite de vieux métal rouillé. A l'intérieur, il y avait des bottes de paille et très peu de place. Je me suis dit « Ce n'est pas grave, ça va rentrer ». Ça sentait la vieille remise de ferme.

J'ai essayé de ne pas penser aux araignées et j'ai fait entrer mon corps là-dedans. Je l'ai tassé patiemment jusqu'au dernier millimètre en me répétant que c'était long et fastidieux, mais que je pouvais le faire. J'aurai le temps avant qu'ils n'arrivent.

Terrée comme un animal, je les ai entendu approcher. Ils ont marché sur la caisse, juste au-dessus de moi, leurs pieds seulement séparés de mon visage par l'épaisseur du verre. Ils ont parlé puis sont repartis.

J'ai voulu attendre avant de sortir. La paille piquait ma peau, me griffait lorsque je bougeais. De mon corps, la chaleur s'est répandue dans le petit espace clos. J'ai senti mes muscles se détendre, ma respiration s'apaiser, je me sentais bien, en sécurité. Je me suis laissée basculer dans la sensation réconfortante que me procurait l'épuisement, j'aurais tellement voulu mourir à cet instant, partir, que tout s'arrête, ne plus ressentir ces douleurs, ces peurs, ses regrets qui me rongeaient.

Je me retrouve debout devant une porte rouge, ma main encore sur la poignée dorée. Une fois de plus, j'essaie de lire l'inscription sur la plaque de laiton. En vain. Je me demande si finalement ce n'est pas mon nom qui est écrit, et il suffirait peut-être que j'arrive à le lire pour que tout s'arrête. Il est certaines de ces portes que je peux franchir dans un sens puis dans l'autre en ce qui semble être à peine quelques secondes, et d'autres où j'ai la sensation d'être restée si longtemps, qu'une fois à l'intérieur, j'ai oublié qu'il existait autre chose que ce que j'y vivais.

Ne sachant que faire, qu'elle porte choisir, je tournais, presque avec insouciance la poignée de celle qui se trouvait sur ma gauche.

Je suis dans une immense bâtisse, il y a plusieurs étages, mais à chacun d'entre eux il n'y a pas de toit, de gros trous dans les murs font office de fenêtres. À l'extérieur, j'aperçois une vallée en partie abandonnée, emplie de danger, et de hordes dangereuses, composées de ce qui ressemble à des humains.

Mes enfants sont à l'extérieur, je ne sais pas où exactement, j'ai besoin de les retrouver. Je traverse une pièce, qui est habitée par deux familles, au centre des draps sèchent sur des cordes tendues. Une voiture est garée près des escaliers que je dois emprunter. Lorsque j'arrive en bas de la volée de marches, une dame qui a dû être une fée me parle. Ses cheveux sont secs et crépus, son maquillage mauve à paillettes a coulé jusqu'au bas de son visage. Sa belle robe en organza pailleté est déchirée et part en lambeaux.

Elle a l'air douce, mais je ne l'écoute pas, je me sens oppressée, car je dois aller chercher mes enfants, ils ne sont pas en sécurité, je dois les ramener avec moi pour les protéger. Je reprends des escaliers en pierre de tuffeau et remonte dans une pièce occupée par une communauté de jeunes gens, ils vivent ici malgré l'absence de fenêtre et de toit, il y a une cuisine sous des poutres en bois. Je traverse sans leur parler, ma présence ne les dérange pas. Je passe par un trou dans le mur pour rejoindre le bâtiment d'à côté, un immense lac tumultueux s'est formé tout autour, je me précipite, pressée par l'urgence d'atteindre enfin mes enfants.

Je passe par un étroit corridor qui me conduit dans un couloir gris avec des portes rouges. Il n'y a pas de trous dans les murs et il y a un plafond, de la même matière et de la même couleur que le sol qui ferme le couloir. Je ne comprends pas ce que je fais là, je dois retrouver mes enfants, je me précipite sur une porte et m'engouffre à l'intérieur.

Je traverse la moitié de la ville à pied. Je crève de chaud, il est dix-huit heures, et il fait encore quarante degrés à l'ombre, en plus, c'est le bordel avec les travaux du tram, je n'arrête pas de trébucher avec mes sandales. (1840°).

Je ferais mieux de prendre l'avenue dans l'autre sens et d'aller à la plage ou boire un coup dans la vieille ville. Je m'agace, il y a du monde partout, ça n'avance pas. Sans réfléchir, je décide de prendre le chemin le plus court. Arrivée en haut de l'avenue, je tourne à gauche, passe devant la gare, puis à droite sur le boulevard. Je n'ai pas fait attention tout de suite. Quand je m'en suis rendu compte, j'ai eu froid, j'ai regretté de ne pas avoir pris un petit gilet.

Je remontais ce foutu boulevard en marchant du côté des numéros impairs, je n'ai pas pu m'empêcher de traverser, j'ai cherché de manière frénétique comme si j'étais pressée tout à coup. Je me suis arrêtée devant le numéro 136. Tout est devenu très calme autour de moi, les bruits étaient atténués et les passants ne me bousculaient plus, comme si leur réalité et la mienne s'étaient dissociées.

Je ne voulais pas regarder par terre. Quand je l'ai fait, j'ai vu deux grosses tâches noirâtres sur le trottoir et dans le caniveau.

Du sang. Séché et incrusté depuis le temps. Mais du sang.

Je me suis souvenue qu'elle m'avait téléphoné pour me donner son nouveau numéro, juste une semaine avant. Je me souviens avoir pensé à la rappeler et ne pas l'avoir fait. Peut-être qu'elle a attendu toute contente pendant plusieurs jours que j'appelle. Je n'ai pas appelé. J'y ai pensé, mais je ne l'ai pas fait. Elle était beaucoup plus âgée que moi, mais tellement plus fragile. J'aurais dû la rappeler.

C'est mon téléphone qui avait sonné. Il a dit qu'elle était morte.

J'ai demandé pourquoi. Il a dit que les médecins n'avaient rien dit.

J'ai dit « J'arrive » et j'ai pris le train pendant mille Kilomètres (1000).

À la morgue ils ont dit : « Vous ne pouvez pas voir le corps ».

J'ai dit « Mais c'est ma sœur », ils ont encore dit :
« Vous ne pouvez pas voir le corps ».

C'est ainsi que nous nous sommes tous retrouvés, assis près d'une caisse en bois, dans laquelle gisait notre « Être-chair » destiné à finir dans un trou bien refermé par une dalle de marbre bien froid.

La cérémonie à l'église fut longue et pénible. Au cimetière, quelqu'un a dit « Elle n'a jamais eu autant de fleurs de sa vie cette pauvre fille ».

J'ai pensé que c'était mieux que notre père soit déjà mort.

Je ne suis jamais retournée devant le numéro136 du boulevard. Je ne sais pas si c'est parce que j'ai peur de voir les traces qui y restent, ou si au contraire, ce serait de voir qu'il ne reste plus aucune trace d'elle, nulle part.

Encore emplie de sensations grises, il me faut un certain temps avant de comprendre où je me trouve. J'avance vers la porte rouge qui se trouve face à moi et passe mes doigts sur la plaque de laiton dans l'espoir de sentir ce qui est écrit, mais rien. Je ne le sens pas plus que je ne peux le voir.

Il était là. Il me regardait, debout près de moi, sur ce passage piétons. Les corps flous qui composaient le reste de ce monde se déplaçant autour de nous, alors que nous restions immobiles. Ces yeux brillaient, j'y voyais les lueurs de l'aube, des étoiles anciennes, l'amour qu'il me portait, et son désir de m'avoir près de lui.

Il a dit qu'il avait l'impression de me connaître.

Mais tu me connais, tu me connais depuis longtemps déjà. Tu ne te souviens pas, mais moi je sais que je t'ai trop souvent cherché à travers ces hommes qui n'étaient que des ombres de toi. Je traversais leur âme jusqu'à l'indécence, pour te rejoindre, te retrouver, ne serait-ce que dans un souffle, un mot ou même une odeur, et jamais je ne te voyais. Pendant trop longtemps, je te sentais tout près sans arriver à t'atteindre. Je te sentais me frôler, passer près de moi, j'aimais loin, mais toujours inatteignable. Et maintenant que tu es là près de moi, je te sens déjà disparaitre.

Je sens encore la brûlure sur ma peau laissée par l'empreinte de tes doigts, je sens encore ton odeur, qui s'amenuise au fur et à mesure que j'avance dans ce couloir. Je sers mes bras autour de moi, comme pour rattraper la sensation des tiens. Je fais demi-tour, je repars, je reviens. Je ne sais plus de quelle porte je viens. Je veux te rejoindre, te retrouver à nouveau. Je m'acharne sur des portes qui ne s'ouvrent pas. J'éclate en sanglots, ton visage m'échappe, ton odeur disparait, il me reste la sensation de tes bras, et ma tête appuyée sur ta poitrine, mais je ne sais plus qui tu es. J'oublie, je t'oublie. Je ne sais plus pourquoi je pleure. J'essuie les larmes sur mes joues mouillées. Et je choisis de partir dans un sens plutôt qu'un autre, sans aucune raison, juste parce qu'il n'y a pas de sens.

J'étais dans un lieu savoureux, un lieu où il y avait des liqueurs de toutes les couleurs, à chaque couleur ses saveurs. Je les ai toutes goûtées ou presque. Il y en avait d'extrêmement fortes, des douces, des sucrées, d'autres acidulées, chacune se déclinant encore en intensités variées.

Le décor ne changeait pas beaucoup, toujours à la nuit tombée, toujours de belles lumières qui, par la magie suave des liqueurs finissaient par se transformer en étoiles merveilleuses. Les vivants changeaient, mais les échanges eux n'évoluaient pas. Il n'y avait ici que plaisirs et légèreté, rien n'avait d'importance, je pouvais facilement me faire croire que rien d'autre n'existait, quel soulagement de pouvoir se voiler la face pendant des heures, de se donner une éphémère importance.

Quel que soit leur goût, chacune de ces liqueurs avait la faculté de faire tout oublier, ou plutôt oublier tout, absolument tout ce qui se trouvait en dehors du moment présent disparaissait. Il ne restait que l'ivresse et ceux qui l'accompagnait.

Pourquoi vivre autrement ? j'avais conscience d'être là pour autre chose, mais est-ce que ça avait vraiment de l'importance ? Surement pas.

Et de nuit en nuit, je me laissais fondre dans la chaude rassurance des liqueurs. Jusqu'à ce que le temps se fraye un passage dans la brumeuse vision de mon avenir. Il s'est montré suffisamment insidieux pour venir jusque dans mon présent. Je l'ai ignoré beaucoup. Je l'ai ignoré un peu. Puis plus du tout. Alors quand je me suis tourné vers lui, j'ai vu au même moment les liqueurs se vider et disparaître.

Les murs gris du couloir se sont élevés autour de moi. Parsemés de portes rouges qui m'ont entouré. Nets, solides. Je me suis sentie réconciliée avec une partie de ce que j'étais, une partie qui ne me faisait pas, ou plutôt, une partie qui ne me faisait plus honte.

À travers les autres, ce n'est jamais que sois que l'on aime ou tout du moins l'image de soi que les autres veulent bien nous renvoyer.

Je me suis senti petite, menue, propre. Je ne voulais pas partir trop loin alors j'ai ouvert la porte la plus proche de l'endroit où je me trouvais.

Je suis dans une officine, d'immenses meubles à tiroirs couvrent les murs. Le sol est fait de bois, ainsi que la volumineuse table au centre de la pièce.

Elle est recouverte de mille et une fioles (1001), bouteilles et autres récipients en verres, qui sont posés, déposés et superposés. De-ci de-là, des fleurs séchées, des bouquets de feuilles, de branchages, qui libèrent tous des odeurs différentes. Je reconnais celles entêtantes des immortelles et du mimosa.

De petits nuages lumineux, de couleurs hétérogènes, flottent à différentes hauteurs dans la pièce, cette pièce est si haute que je ne vois pas le plafond.

Tout un pan de mur-meuble était réservé à des enveloppes contenant des émotions dont on pouvait libérer les effluves quand on le souhaitait.

Alors que j'essayais de deviner lesquelles m'appartenaient, un homme est apparu, il venait chercher une de ses enveloppes.

Il expliqua qu'il tenait absolument à libérer l'enveloppe de la mélancolie le jour de son mariage. Je ne comprenais pas pourquoi il y tenait tant.

Je me suis donc rendu à son mariage, c'était très émouvant. L'espace était entièrement décoré de tissus et de voilages très colorés, tous les convives, ainsi que les mariés étaient assis sur un immense tapis bleu-vert. Les hommes portaient, de longs manteaux brodés, qui descendaient jusqu'à leurs chevilles. Les femmes, quant à elles étaient vêtues de robes somptueuses et colorées. Des bijoux couvraient leurs fronts et leurs mains. Des chaines en or passaient de leur nez à leurs oreilles. Tous le monde souriait, c'était magnifique et joyeux.

La disposition nous rendait tous proches les uns des autres. Une fois la mélancolie libérée, elle a exacerbé certaines émotions et rendu plus fort le symbolisme de cette union, nous rappelant à tous, le chemin qu'ils auraient à parcourir, ce qu'ils y perdront, ce qu'ils y gagneront, l'humilité qu'ils leur serait nécessaire pour affronter les vicissitudes de la vie, et la chance qu'ils avaient de pouvoir les traverser ensemble.

Plus tard, de retour dans l'officine, j'ai découvert le pan de mur-meuble contenant de petites fioles emplies de poudre. De différentes couleurs et textures, elles étaient en fait nos choix, nos actions, celles passées et à venir. J'y ai vu aussi les décisions que je n'avais pas prises et les choix que j'aurais pu faire.

De nouveau dans le couloir, je me suis sentie contrariée de savoir que tout ce que j'étais pouvais être aussi simplement rangé et classifié.

Je m'en suis voulu de m'être laissée submerger si souvent, alors qu'il aurait été plus aisé de n'ouvrir que l'enveloppe de l'émotion adaptée ou de prendre le temps d'analyser tous les choix possibles en fonction de leur couleur ainsi que les conséquences qui s'y rattachaient.

Après avoir hésitée, un peu, pas trop, je tourne une poignée de laiton et la pousse.

Je suis accroupi dans un caniveau, je n'ai pas assez d'estime de moi pour vivre ailleurs, pour faire autrement, alors j'avance de long en large, mais ne dépasse jamais les limites du caniveau. Un jour ou plutôt une nuit, alors que j'étais presque amorphe, presque hilare, presque plus là, un monstre a entouré ses bras autour de moi.

Je n'ai pas vu que c'était un monstre, j'ai cru qu'il m'entourait pour me protéger, mais je n'arrivais pas à relever la tête, parce que lui ne me protégeait pas, en fait, il m'enfermait.

Je me suis débattue pendant des années et quand enfin, j'ai réussi à m'enfuir, ma punition a été l'absence de mes enfants, il me les a arrachés si brutalement, que j'en ai hurlé de douleur, mes larmes et mes cris ne suffisant pas à les faire réapparaître, j'ai franchi l'espace et le temps, créant des distorsions, pour les retrouver, ne me laissant aucun répit. Ne me pardonnant pas d'avoir fait confiance à un monstre. J'ai cru mourir, j'ai tenu parce qu'il y avait des échéances, des échéances comme des halètements qui me permettaient de respirer.

J'ai prié et j'ai supplié Dieu et Dieux. J'ai prié à mon père qui est aux cieux.

Tellement de choses s'étaient envolées de moi ou ont été détruites. Il y a eu des fêlures trop importantes, elles ont fini de briser ce qui était déjà détruit. J'avais perdu mon sourire, oublié mon rire, les étoiles dans mes yeux s'étaient effacées avec les paillettes dans mon cœur. Peut-être que je deviendrai une non-personne.

Je n'étais même pas en miettes, j'avais piétiné les miettes pour survivre.

En apesanteur pour ne plus rien ressentir.

Quand enfin, j'ai réussi à faire revenir mes enfants près de moi, tout a lâché comme les maillons d'une chaîne, toutes mes résistances, les unes après les autres.

Je n'avais plus ni colère ni échéance pour me faire tenir. J'étais devenue d'une fragilité de papier. Je ne comprenais pas pourquoi, maintenant qu'ils étaient là, j'étais devenue si faible, alors que je m'étais fait croire tout ce temps que les retrouver me rendrait invincible.

Je regrettais de ne pas avoir eu en moi le calme qui porte. Mais je n'ai pas su faire autrement. Je m'en voulais de ma faiblesse, je détestais mon idéalisme niais, j'étais déçu d'avoir cru si longtemps qu'il y avait une justice. Je me rassurais en me disant qu'il y a une raison, une raison que je ne connaissais pas et qui me dépassait, mais une raison à tout ça. Sinon quel sens auraient eu toutes ces douleurs, toutes ces épreuves ? À quoi bon les surmonter ?

Je vois à quel point j'avais été bancale, et comment j'avais réussi à avancer malgré tout, avec un enfant dans chaque bras, vers quelque chose qui n'était pas parfait, mais bien meilleur malgré tout.

Ils avaient changé, et moi aussi. L'ombre du monstre planait toujours au-dessus de nous. Il n'était jamais loin, toujours à se repaître de la moindre faille, du moindre faux-pas. À se nourrir de tout ce qu'il y avait de plus noir autour de lui et à le recracher sur nous. Tout ce qui était en son pouvoir pour nous détruire. Puisqu'il ne pouvait pas nous posséder, alors personne ne le pourrait, même pas nous-même.

Je pense qu'au fils des années, il a réussi à fragmenter nos personnalités, briser une partie de ce que nous étions. De ces deux petits bouts qui m'avaient été arrachés, l'une est restée dans la tourmente et l'un s'est rendu si solide qu'il est presque une pierre maintenant. Et moi, et bien je ne sais pas. Pas encore.

Je sais que certaines d'entre nous continuent à chercher les enfants sans pouvoir les atteindre.

Parfois, au loin, j'entends l'un de mes enfants pleurer, je sais que quelque part, il reste toujours des traces de nous, dans certains univers en train de se construire, et mêmes dans ceux en train de s'effondrer.

Je voudrais pouvoir aller me rejoindre dans chacun d'entre eux, m'aider à nous retrouver. Faire en sorte que l'on ne soit jamais séparés. Me donner la capacité de protéger mes enfants où que je sois, quel que soit mon contexte de vie. Je sais que c'est impossible, je ne peux pas le faire. À chaque fois que je prends une décision, que j'opère un changement, qu'il soit majeur ou bénin, à chaque fois, je sais que je laisse l'une d'entre moi continuer à évoluer sur un plan d'existence différent.

Je prends le temps de déambuler au milieu des couloirs, j'observe le rouge des portes, je pense que chacune d'entre elles, est un point d'ancrage, qui sont eux-mêmes des points d'intensité émotionnelle très chargés dans un espace réduit du temps.

Ce qui est indiqué sur les petites plaques de laiton doit sûrement être leurs coordonnées, basées sur je ne sais quelle référence inconsciente de mon esprit.

4

La maison est silencieuse, il fait noir dehors, je suis restée en bas pour la nuit, il fait extrêmement froid, j'espère que les petits sont bien couverts en haut. J'ai enfreint le règlement, en gardant une bougie allumée avec moi, j'ai l'impression d'être moins seule comme ça, et d'avoir un peu moins froid.

Voilà plusieurs mois maintenant, que nous n'avions plus d'électricité. À cause de la vague de froid de 2010, la consommation d'énergie électrique a explosé, les centrales ont été sévèrement endommagées, par manque de moyen, elles n'ont pu être réparées ou si peu qu'elles ne fournissaient plus que 1% des besoins en électricité.

Dans les mois qui ont suivi les demandes en gaz se sont accrues de manière exponentielle et la Russie, le principal fournisseur de notre pays, a tellement augmenté ses prix de vente, que notre gouvernement a diminué les importations de manière drastique. Au final, la grande majorité de la population n'était plus en capacité de se fournir en énergie.

La distribution se faisait de manière sporadique et aléatoire.

Suite à d'importantes émeutes, il a été mis en place la GGDE : Grille Géographie de Distribution Énergétique.

Un quadrillage géographique a été mis en place sur tout le territoire, imposant les jours et les heures où, chaque zone été autorisée à consommer.

Le gouvernement avait annoncé une répartition équitable entre les différentes régions, mais en réalité, la distribution était totalement partiale, les métropoles étaient bien plus souvent alimentées que les zones en milieu rural. Et la capitale encore plus souvent que le reste du pays.

Malgré la reprise des saisons, la grille avait été maintenue. Le printemps avait été beau, l'été brûlant. Puis le froid était revenu. Soudain.

Mi-septembre la température descendait en deçà de zéro avec une moyenne à moins de cinq degrés (5), en octobre, on a atteint les moins dix degrés (-10).

Après, je ne sais pas, car mon thermomètre extérieur a explosé au début du mois de novembre (11).

Les premiers flocons sont tombés en décembre (12). Et puis plus rien n'a jamais été comme avant. On avait basculé dans un autre univers.

La Grille Géographie de Distribution Énergétique et la réapparition de l'hiver, encore plus rude que l'année précédente, ont entraînés la désertification des zones rurales.

Le printemps n'est pas réapparu cette année-là. La terre restait gelée en profondeur, il était devenu impossible de cultiver quoi que ce soit. Ce qui a engendré une très forte migration des populations vers les villes, aucune structure n'étant adaptée pour accueillir autant de personnes, les conditions d'accueil dégradées ont induit une trop grande promiscuité.

La misère, le manque d'hygiène et le froid ont permis aux maladies de se propager. Pour commencer les maladies auxquelles on peut s'attendre dans ce type de contexte, telles que la tuberculose ou la gale, mais l'insuffisance de prise en charge médicale a permis à d'autres virus plus dangereux de se développer et de se répandre au sein d'une population déjà affaiblie. L'état sanitaire est devenu catastrophique.

C'est au vu de l'hécatombe provoquée par une nouvelle variante du virus de la grippe, qu'il a été mis en place des « Centres d'accueil » pour les malades, puis très vite quand la maladie est devenue une pandémie, des centres de vaccination obligatoire contrôlés par l'état se sont mis à fleurir quasiment à chaque coin de rue. En parallèle, il y a eu des annonces glissées partout, sur des affiches, à la radio, au milieu des plages de publicités, des annonces qui disaient clairement « Si vous vous sentez fiévreux, courbaturé, restez chez vous, ne sortez pas, évitez de contaminer les autres », avec les recommandations d'usage : bien se laver les mains, porter un masque de manière à protéger son entourage.

Les élections ne sont pas tombées à point nommé, les crises ont permis aux extrémistes d'atteindre le pouvoir, l'état d'urgence déjà instauré depuis longtemps, a permis de promulguer de nouvelles lois et réformes, certaines plus inquiétantes que d'autres. Il a notamment été décrété que les enfants déjà scolarisés devaient porter un uniforme, jaune et gris pour les filles, bleu marine et vert pour les garçons de notre secteur, de manière à différencier les populations migrantes et celles résidentes.

Un jour avant tout ça, j'ai rêvé qu'on aille vivre ailleurs, au soleil, au bord de la mer. Je me demande comment ils vivent là-bas maintenant, peut-être qu'ils ont été engloutis par des tsunamis, peut-être qu'ils pêchent le matin avant de s'installer pour la journée dans leur hamac.

Le fait est, que ce soir, je suis seule en bas, je préfère rester ici, car s'il y a quelque chose, un danger quelconque, je l'entendrai plus sûrement que si je suis en haut. Je ne dois pas m'endormir, c'est tout. De toute façon, je n'ai pas envie de dormir, j'ai trop peur.

J'ai quand même sommeil, je me dis que c'est ridicule, de toute façon il n'y a plus personne ici, alors qui voudrait y venir et pour quoi faire ? Je peux juste me reposer deux minutes, dans tous les cas, si je reste assise, je ne m'endormirai pas profondément.

J'ai fini par tomber de sommeil, juste le temps de rêver que je regardais la télé. Réveillée en sursaut, car ma tête tombait, je me suis rappelé mon dernier contact avec la télévision.

Ça avait été brutal, je regardais encore des images toujours plus effrayantes de misère, partout. Des baraquements de fortune, faits de taules, de bois, parfois de simples couvertures recouvertes de bâches. Des humains en guenilles, des femmes avec des enfants blottis contre elle. Je me demandais si c'était vrai, je ne croyais pas que ce soit possible que nous, l'humanité, on en soit arrivé là.

Toutes les chaînes diffusaient en continu les mêmes images depuis des mois, avec plus ou moins de variantes, en ville, à la campagne, à Paris, en province. Mais toujours la même chose, le froid, la misère.

Puis ces mots terribles : « En Europe centrale et orientale depuis le 16 janvier, des centaines d'usines sont à l'arrêt et des millions de personnes sont privées de chauffage… ».

Puis plus rien. Écran noir. Le silence soudain, lourd, brutal. Je suis restée au milieu de la pièce à fixer l'écran vide. Il n'en sortait plus d'images, plus de mouvements, plus de couleurs, et surtout plus de sons. C'était le point de départ du vide et de l'isolement qui finiraient par nous absorber.

Ma fille m'avait appelé du haut des escaliers : « Maman ! Maman ?! Il n'y a plus de lumière dans la salle de bain ! ».

Après avoir vérifié les interrupteurs dans toutes les pièces, j'avais cherché le compteur dans le garage, j'ai fini par le trouver derrière une pile de sacs de peluches, que je n'avais jamais pris la peine de trier.

J'aurais tellement voulu me retrouver à nouveau là, à cette place, en me disant « Mince, il faut absolument que je trie ces peluches », plutôt que d'y être, gelée, seule, terrorisée, priant pour que l'électricité réapparaisse à chaque fois que je remontais un élément du compteur.

J'ai essayé et essayé encore, je demandais à ma fille de vérifier avec les interrupteurs, j'ai dû lui demander des dizaines de fois.

Elle s'est impatientée et moi, je me suis fâchée. Je lui ai crié après, comme si tout dépendait d'elle, parce qu'il aurait été tellement plus simple que la lumière ne revienne pas uniquement parce qu'elle ne respectait pas mes consignes.

Sauf que mes consignes, elle les avait respectées à la lettre, et qu'elle aussi devait avoir peur, peut-être même plus que moi, parce qu'au lieu d'avoir une maman qui la rassurait, elle avait une maman paniquée. Son petit frère, était immobile dans le couloir et nous fixait de ses grands yeux sombres. En sortant du garage, j'ai vu sur son visage, qu'il était angoissé, j'ai vu les pleurs sur le visage de ma fille qui venait de se faire gronder pour rien.

Et au lieu de les prendre dans mes bras pour les rassurer, je leur ai demandé de monter dans la chambre, et je suis sortie, fuyant dans l'urgence d'un problème technique à régler plutôt que d'affronter le fait que je devais être forte, que j'étais seule et apeurée. Incapable d'affronter que je ne pourrai pas me poser une seule seconde, que je n'aurai aucun répit, qu'il me faudrait tenir debout tout le temps. Ce qui se produisait et ce qui se profilait était déstabilisant, presque surréaliste, toute notre vie était en train de disparaître, notre société, nos modes de fonctionnement, absolument tout. C'était déjà difficilement acceptable, mais en ayant mes deux enfants à protéger ça devenait insurmontable.

Une fois à l'extérieur de la maison, je vis que certains voisins étaient eux aussi sortis de chez eux. Je remontais le col de mon pull sur mon visage, et je me dirigeais vers le petit groupe au centre de la place. En arrivant près d'eux, j'ai été surprise de voir de l'incompréhension et de la stupeur sur leur visage.

- « Qu'est-ce qui se passe ? »

- « Il n'y a plus de courant nulle part. »

- « Quoi ? Comment ça il n'y a plus de courant nulle part ? »

Eux non plus n'avaient plus d'électricité. Ils disaient que c'était une coupure généralisée, nous n'étions pas les seuls concernés.

Ils ont continué à parler entre eux, mais je n'entendais pas ce qu'ils disaient. J'ai tourné les yeux vers la porte d'entrée de la maison, et fait un signe de la main aux deux petites têtes de mes enfants. Ils étaient toujours en pyjama, ils avaient l'air si petits, et si vulnérables.

J'ai fait un pas vers eux pour rentrer, et sortir du cercle des voisins, c'était comme entrer dans une réalité trop effroyable.

À la nuit tombée, je suis montée au premier étage et j'ai ouvert les volets de ce qui avait été la chambre parentale, pour vérifier. Lorsque j'ai constaté que je n'apercevais plus les lumières de la ville, un frisson glacial a parcouru entièrement mon corps avant de devenir un puits d'angoisse dans ma poitrine.

La nuit suivante, allongée dans le noir, les yeux grands ouverts, je me laissais une fois de plus submergée par ces pensées, qui finissaient par devenir toujours les mêmes, et qui tournaient en boucle sans discontinuer.

Au milieu de la nuit, tout me paraissait insurmontable, puis au matin, une fois cette désagréable sensation dissipée, j'avais l'impression que ça allait, après tout on ne se débrouillait pas si mal, on avait encore des pommes de terre, quelques boîtes de conserve, de quoi faire du feu.

Pour l'instant.

Dans les jours qui ont suivi la coupure d'électricité, j'ai vu à plusieurs reprises les voisins qui se retrouvaient, enfin les hommes, ils allaient chez le militaire à l'autre bout de la place, j'imagine qu'ils se retrouvaient pour essayer de trouver des solutions, envisager l'avenir.

Je n'ai jamais été conviée à leurs petites réunions. C'est vrai qu'avant tout ça, je n'étais pas franchement intégrée au groupe.

Je n'ai jamais été une bonne voisine, je ne participais pas au repas des voisins, je n'allais pas à leurs réunions de mixeurs ou de boites de conservation en plastiques, j'ai peut-être, à plusieurs reprises, manqué de diplomatie pour leur expliquer à quel point je trouvais ça aussi inutile qu'inintéressant, et je n'avais pas de mari pour aller faire du sport avec eux, alors…

Il y a des fois où j'ai regretté, me disant que je me serais sentie moins isolée, et plus rassurée, de n'avoir pas à compter que sur moi-même pour notre confort et notre sécurité aux enfants et moi.

Je suis seule, je me sens loin des autres, jamais je n'ai réussi à être intégrée à un groupe, jamais. Jusqu'à la fin, je serais restée loin des autres. En retrait toujours. Presque dans le halo de lumière qui les entourait, presque.

Et puis il y a des fois où j'étais bien contente de ne pas participer à leurs réunions stériles, passer des heures à déblatérer sur le pourquoi on en est là, et comment c'est arrivé. Sans que ça n'apporte de réponse concrète. Mais finalement, peut-être qu'elles ne servaient plus à ça leurs réunions, peut-être qu'elles n'étaient devenues qu'un prétexte pour se réunir et se rassurer un peu.

Le lendemain de la coupure d'électricité, j'ai entendu à la radio les messages qui tournaient en boucle et invitaient tous les citoyens à se rendre dans les centres contrôlés par l'état, ils disaient qu'il y avait de la nourriture pour ceux qui viendraient se faire répertorier et vacciner.

Dès l'année précédente, à cause du froid, j'avais fabriqué une sorte de poêle à bois dans un vieux bidon métallique en partie rouillé, j'avais cassé, avec grande difficulté, le carreau d'une fenêtre dans une des chambres du premier étage, celle orientée au sud, pour faire une sortie d'évacuation des fumées. J'y ai fait passer des gros tuyaux que j'avais été voler sur un chantier, et j'ai rebouché comme j'ai pu autour avec un mélange de carton, de bois et de couvertures. Maintenant, on dort tous les trois dans cette chambre. À cause du froid, le bois gèle, alors je dois aussi le mettre en haut dans la chambre, avec nous.

Quand je me réveillais la nuit, je regardais sous l'interstice de la porte, pour voir si le jour s'était enfin levé. C'était mon repère à chaque fois, faisait-il jour ? Est-ce que je pouvais enfin me lever ? Je me réveillais un nombre incalculable de fois, réveillée par le moindre craquement, bruit, froissement, à chaque fois, je regardais sous la porte et je constatais qu'il faisait encore nuit, le fait que je n'arrive pas à me rendormir, n'avait rien de surprenant, alors j'attendais patiemment avec des pensées récurrentes qui tournaient dans ma tête.

Parfois, je laissais mes enfants au chaud dans le lit et j'allais dans la salle de bain, en priant, à chaque fois, pour que le petit réveil à piles fonctionne encore. Rassurée par le bruit du tic-tac, je m'en approchais et regardais l'heure qu'il était.

Dans le silence de la salle de bain, le tic-tac résonnait aussi bien sur les murs que dans ma poitrine. Je pouvais rester figée devant le petit cadran, devinant ma silhouette dans le miroir de la salle de bain, mais je n'avais ni l'envie, ni la force de détacher mes yeux de ce lien avec la vie d'avant qui était voué à s'éteindre lui aussi. Je restais souvent devant la fenêtre, à regarder dehors, les yeux dans le vide. Et encore plus souvent assise sur le rebord de la baignoire à pleurer, prier, espérer et me mentir à moi-même, essayant de me persuader que rien de tout ça n'était vrai, que le réveil aller se mettre à sonner et que nous allions reprendre notre vie d'avant.

Je me sens d'une tristesse infinie, au moins aussi noire et froide que la nuit qui nous entoure. Je ne savais pas ce qu'on allait faire, comment on allait faire. J'ai même pensé à un moment qu'on n'avait plus le choix, il fallait qu'on aille en ville rejoindre un des centres contrôlés par l'état.

J'avais vraiment très peur. Je ne savais pas quelle

décision prendre. J'ai senti quelque chose gonfler dans ma poitrine, et très rapidement, j'ai reconnu le goût du chagrin qui m'envahissait, une fois de plus.

Je ne me souvenais pas être allée me coucher, je me souvenais avoir rêvé que j'étais assise sur un fauteuil en cuir rouge, dont une déchirure laissait dépasser une mousse jaunâtre juste au-dessus de mon épaule droite.

J'étais dans une pièce qui ressemblait à une chambre d'hôpital, de la lumière passait à travers les persiennes des volets. Il y avait quelqu'un dans le lit, des tubes de perfusions semblaient alimenter un corps recroquevillé sous les draps, alors que j'étais encore dans mon rêve, je savais qui était la personne dans le lit, mais je l'ai oubliée en me réveillant, j'ai essayé de m'en souvenir en me levant, j'ai cherché encore un peu en descendant les escaliers, puis plus rien, les angoisses de la journée à venir ont repoussé les dernières bribes de rêve.

Quelques jours après la coupure d'électricité, il n'y a plus eu d'eau au robinet. Au début, j'avais pensé que ça devait être dû au gel des canalisations. Puis, l'eau des toilettes ne s'est plus évacuée, j'ai fini par comprendre que les systèmes de pompage et d'évacuation de l'eau devaient sûrement fonctionner à l'électricité.

Je ne savais plus à quoi me raccrocher, je ne savais plus quoi faire et pire, je ne savais plus quoi penser pour me rassurer.

J'ai repensé à mes voisins, d'abord les plus éloignés dans l'impasse, un couple avec deux petites filles, je ne les connaissais pas du tout, à part un bonjour de loin de temps en temps. Lui travaillait à la base militaire à quelques kilomètres à peine, elle, je ne sais pas, je ne la voyais ni partir ni revenir, comme si elle n'existait pas vraiment et qu'il la mettait en route de temps en temps pour faire bonne figure devant les voisins. Ensuite, se trouvait la maison de « La dame au chien », et son mari, dont je ne me suis jamais souvenu du nom. Puis mes voisins les plus proches, dans la maison mitoyenne, un policier, sa femme et leur fils de l'âge du mien.

De l'autre côté de ma maison, séparée par une simple haie, il y avait une très grosse maison, avec une famille complète, parents, enfants, et une grand-mère (1). Le père était souvent en déplacement, le fils ado très difficile, et la maman qui a un jour « Accidentellement » pris trop de médicaments. La petite fille, bien qu'elle soit plus jeune que ma fille, venait souvent jouer à la maison.

Ce sont eux qui ont disparu les premiers. Aujourd'hui encore, je ne sais pas si la petite fille et sa famille ont choisi de gagner un des centres contrôlés par l'Etat. Parfois, je me demande s'ils n'ont pas tous pris « Accidentellement » trop de médicaments et qu'ils sont encore dans la maison.

Puis, ils ont tous disparus, les uns après les autres. D'abord le militaire et sa famille, mais je ne l'ai remarqué que lorsque je n'ai plus aperçu la voisine promener son chien, je me suis demandée ce qui se passait, et j'ai observé un peu plus. Il n'y avait plus que mes voisins de gauche, le policier, sa femme et leur fils, et nous, les autres maisons semblaient vides.

Un matin, à travers le givre de la fenêtre de la salle de bain, je les ai vu partir, leur fils emmitouflé dans des couvertures. Ils ne transportaient aucun bagage avec eux, j'en ai déduit qu'ils se rendaient dans un de ces centres. Ils ne sont rentrés qu'à la nuit tombée.

Le lendemain, je suis allé les voir, je les ai sentis méfiants, pas à l'aise. Ils me voyaient peut-être aux abois, et avaient peur de ce que je pourrais faire pour survivre. Tout sonnait faux, le son de leur voix, leurs regards, leurs gestes trop rapides, trop empressés. J'ai choisi de ne plus y retourner.

Dans les semaines qui ont suivi, ils ont disparu. Je ne sais pas s'ils sont partis, ou si quelqu'un est venu les chercher, je ne sais pas ni où ni comment, ni même quand exactement. Un jour ils n'étaient plus là, et c'est tout. J'avais perdu le dernier lien qu'il me restait avec l'humanité.

Avant que tout ne bascule, je ne m'intéressais plus à l'actualité depuis plusieurs mois déjà, je la trouvais trop anxiogène, il y était toujours question d'attentats, de conflits ou de faits divers sordides, ce qui ne faisait qu'attiser mes angoisses et je n'avais pas besoin de ça.

Alors, je n'ai pas vraiment su ce qui se passait, en plus tout se déroulait dans les pays de l'Est de l'Europe, trop loin de la réalité de ma vie, dans mon pavillon de province pour que je me sente concernée. Je n'ai pas mesuré l'ampleur de ce qui allait advenir. Je n'ai pas su me préparer à affronter l'adversité qui deviendrait mon quotidien, ma vie, et celle de mes enfants.

Avant la coupure d'électricité définitive, il y a eu le rationnement de l'essence. Apparemment, la Russie et le Kazakhstan, étaient les principaux fournisseurs de pétrole pour la France, et n'arrivant pas à se mettre d'accord sur des questions politico-économiques, il y a eu un embargo ou quelque chose comme ça.

Résultat, pour éviter les pénuries d'essence un système de rationnement est entré en vigueur, basé, officiellement, sur le nombre et l'âge des personnes habitant la même adresse. Entrait en compte, le lieu d'habitation, le lieu de travail et les besoins estimés. Les activités de loisirs n'entrant évidemment pas en ligne de compte.

Je ne m'étais pas vraiment inquiétée, je n'utilisais pas beaucoup la voiture, ça ne me paraissait pas si grave. Puis, un matin, j'ai trouvé dans la boite aux lettres l'enveloppe contenant la carte, celle à présenter obligatoirement à la station essence.

Elle indiquait que j'avais droit à 1.5 Litre par semaine, je n'avais aucune notion de ce que ça pouvait représenter en kilomètres, mais je me souviens m'être dit que ça ne faisait pas beaucoup. J'ai senti des fourmillements d'inquiétude remonter de mon ventre à ma poitrine. Je me suis tournée vers la voiture, un peu abasourdie, la carte entre les doigts, j'ai ouvert la porte, me suis assise sur le siège conducteur, et quand j'ai allumé pour voir combien il restait, j'ai eu une bouffée d'angoisse, car la jauge indiquait que le réservoir n'était qu'à moitié plein.

Je m'en suis voulu de ne pas avoir été faire de l'essence avant, j'aurais dû anticiper, j'avais encore remis à plus tard quelque chose qui m'aurait simplifié la vie si je l'avais fait avant.

J'ai pensé que tout le monde allait se précipiter immédiatement pour faire le plein, alors je me suis dit que j'irai plus tard, quand il y aurait moins de monde et que la crise serait passée.

Sauf qu'il n'y a pas eu moins de monde, et que la crise n'est pas passée, bien au contraire, de jour en jour, les files d'attente rallongeaient et les prix flambaient.

Ne faisant plus que les trajets maison-école-travail, il s'est écoulé quasiment un mois avant que je n'aie vraiment besoin d'aller chercher de l'essence, pour la première fois avec ma carte.

Je suis partie plus tôt du travail, j'avais pris deux heures, pour m'arrêter à la station qui était sur le chemin du retour à chez moi, pensant que ce serait suffisant. Sauf que le temps d'attente était de deux jours.

Je me suis finalement adaptée assez rapidement à cette problématique. Nous n'étions qu'à une demi-heure de marche à pied de l'école, puis encore vingt minutes pour moi, le temps de rejoindre mon bureau. Il nous suffisait de partir un peu plus tôt, je me disais que ce serait plus sain de marcher, bref, j'ai a réussi à me convaincre que ça allait. D'autant plus que je ne voulais pas risquer ma vie aux stations essence.

Une nuit, j'ai vu des rôdeurs dans le lotissement qui tournaient autour des voitures, alors pour éviter d'attirer l'attention, le lendemain matin, j'ai poussé la voiture le plus loin possible de la maison. Les enfants avaient eu le droit de s'asseoir au volant. Mon fils, plus petit, sur les genoux de sa sœur, ils étaient tellement fiers et heureux de pouvoir conduire la voiture !

J'avoue que je ne partageais pas leur joie, sûrement parce que je n'avais pas leur innocence joyeuse d'enfant, tous ces changements ne présageaient rien de bon, et je me sentais écrasée à la fois par l'anxiété, la solitude, les responsabilités qui me revenaient et forcément tout ça, se muait en peur.

Même si la plupart du temps, j'arrivais encore à détourner de manière positive la situation, aux yeux des enfants, au fond de moi l'angoisse et le désespoir prenaient de plus en plus de place. Là, en l'occurrence, je n'avais pas la patience et la sérénité de partager ce moment avec eux, je me suis même agacée pour un volant tourné vers la gauche alors que j'avais dit d'aller à droite. Bien sûr, j'ai regretté après, je m'en suis voulu, encore une fois, pour mon incapacité, ma faiblesse, et tout le reste.

En revenant vers la maison, je me suis excusée, j'ai essayé de me justifier, mais comment leur expliquer ? Comment leur dire tout ce qui me submergeait ?

Pour se rendre à l'école, chaque matin, nous passions par une petite forêt, devant quelques maisons isolées, puis les rues de la ville apparaissaient, et inversement pour en revenir chaque soir. La neige était glissante par endroit, mais au fur et à mesure, nous avions appris à repérer ces zones. Il y en avait un passage où l'on s'amuser à glisser debout comme si nous faisions du surf. Nous chantions des chansons le matin, et le soir les enfants me racontaient leur journée. Il arrivait que nous croisions un écureuil, un merle ou un corbeau, ce qui ne manquait pas d'animer notre trajet.

À un des croisements, à peu près à mi-chemin, je faisais traverser les enfants, car il y avait un chien, un berger allemand derrière un portail mal grillagé, qui aboyait et grognait méchamment. J'avais envisagé la possibilité de prendre un autre trajet de manière à éviter ce chien qui m'effrayait à chaque fois, mais il aurait fallu faire un détour de presque quinze minutes, c'était bien trop, alors nous avons continué de traverser encore avant d'arriver à son niveau, jusqu'au jour où il a disparu. Les jours suivants, je guettais la peur au ventre de le voir surgir de dernière une voiture ou une maison. Mais rien. Il avait juste disparu, comme tous les autres chiens et chats, au début, j'ai pensé que c'était à cause du froid qu'ils ne sortaient plus, puis après, j'ai compris que c'est sûrement parce qu'ils avaient été mangés.

Les maisons que nous dépassions avaient l'air abandonnées, je me demandais si elles l'étaient vraiment ou si des familles restaient cachées à l'intérieur.

Il y avait dès l'entrée de la ville des affiches incitant la population à aller se faire répertorier et se faire vacciner, on y voyait des familles radieuses, sortant d'un centre avec un air ravi et satisfait. Ces affiches me faisaient penser à des images de propagande de l'ex-union soviétique.

Puis, il y a une sorte de service de nettoyage qui s'est mis en place. Je ne sais pas qui faisait ça, je ne sais pas s'il s'agissait de personnes volontaires ou une équipe mise en place par la mairie ou le gouvernement. En tout cas, il y avait cette camionnette blanche qui sillonnait les rues de la ville. Dès qu'un corps apparaissait dans la rue, déposé là, par je ne sais qui, la camionnette s'arrêtait, un homme en descendait, il déroulait un long tuyau d'où jaillissait un violent jet de flammes. Ensuite, il rangeait le tuyau, et remontait dans la camionnette. Après son départ, il ne restait que l'odeur du corps en train de brûler.

J'avais très peur de la tournure que prenaient les événements, j'ai hésité, et hésité encore, je ne savais pas si je devais continuer à emmener les enfants à l'école ou s'il serait plus prudent de les déscolariser. J'avais peur qu'ils disparaissent ou qu'il leur arrive quelque chose, et en même temps, j'avais peur d'agir de manière bien trop radicale.

Il y avait de moins en moins de monde à mon bureau. D'abord les personnes considérées comme fragile ou à risque, pour raison médicale, avaient été priées dès le début de l'épidémie, de rester chez elles.

Puis, la charge de travail étant de moins en moins importante, les derniers recrutés, furent remerciés. Enfin, ce fût mon tour, après une altercation avec ma supérieure hiérarchique. Je lui avais expliqué que le service de garderie des écoles n'étant plus assuré, il me fallait partir plus tôt, ce qui aurait pu ne pas être un problème car je proposais de rattraper mes heures sur ma pause méridienne. Lorsque je lui exposais la situation, je la voyais s'impatienter sur son siège, jusqu'à ce qu'elle m'apporte en guise de réponse, un refus ponctué d'un « À chacun son problème ». Bien sûr, je me suis fâchée, et bien sûr, j'ai perdu mon travail.

La semaine suivante, sur le trajet retour de l'école, mes enfants m'ont expliqué que des docteurs étaient venus à l'école et avaient fait des piqûres à tout le monde, et que ceux qui avaient refusé, ceux-là avaient été emmenés.

La nuit suivante, j'ai eu un sommeil très agité, ponctué de ce qui m'a semblé être pleins de rêves totalement incohérents. J'y ai vu une femme avec de grands yeux verts, qui avait pour fils un cobra royal. Après, j'étais poursuivie par des hommes et je me cachais dans une espèce de caisse en verre. Puis il y a eu l'image persistante d'un groupe au sein duquel je marchais vers des montagnes.

Le lendemain, après avoir énormément hésité, j'ai préparé les enfants pour aller à l'école, puis en chemin, j'ai fait demi-tour, je ne pouvais pas prendre le risque de les perdre, je n'arrivais pas à surmonter ma peur.

Ils étaient très heureux de rentrer à la maison, j'imagine que pour eux, il y avait un côté école buissonnière amusant.

Quant à moi, je me suis trouvée au milieu d'un grand vide, je n'avais plus rien à quoi me raccrocher. Si on n'allait plus, ni à l'école, ni travailler, qu'est-ce qu'on aller faire ? Rester dans la maison, sans rien faire ? Toute la journée ? Seuls ?

Le cadre imposé par la société, dans lequel j'avais

grandi, dans lequel je m'étais construite, s'effondrait, qu'est-ce qu'il me restait pour me rassurer ? Rien, j'étais en équilibre au-dessus du vide tout simplement.

J'ai pensé à partir vers le sud, je me suis dit que le climat y serait sûrement plus clément, on risquerait moins des maladies dues au froid ou à l'humidité, telles que la grippe, les pneumonies ou autres.

Je me suis dit que sûrement beaucoup de gens avaient dû faire ça, et qu'ils devaient y avoir des pseudos village ou groupement d'humains.

Toutes les communications ayant été coupées, je ne pouvais pas savoir, et parfois, je me disais que la situation n'était peut-être pas la même partout.

Il suffirait de partir vers le sud, marcher le plus longtemps possible. Mais j'ai eu peur. J'ai eu peur d'être seule avec deux enfants, sur des routes que je ne connaissais pas. On aurait pu se faire attaquer à tout moment, je n'ai jamais cru à la bienveillance des gens, j'avais peur qu'il y ait des hordes d'hommes errants, à l'affût de toute victime potentielle, et quoi de plus providentiel qu'une femme et deux enfants.

J'ai commencé à imaginer ce qu'il nous arriverait si nous étions capturés par ce type de personnes. De terribles images ont envahi mon esprit, si horriblement que j'en ai souffert dans mon corps, j'ai eu beaucoup de mal à les éloigner, les effacer et accepter qu'elles n'étaient qu'illusions. Les images me traversaient, mais au lieu de le faire par transparence comme le feraient des chimères, elles imprégnaient leur mal imaginaire en moi, de tel manière qu'elles me pénétraient comme la plus vraie des réalités, chacune de ces douleur-images trop lourdes, finissait par écraser un souvenir trop doux ou trop léger.

Le mal était fait. Je m'étais confortée dans ma peur. Et j'y suis restée. Alors ma décision était implicitement prise, nous resterions ici, barricadés, apeurés, enfermés «En sécurité ».

En 1991, à cause de l'entrée en guerre de la France dans un conflit qui se déroulait à des milliers de kilomètres de chez eux, une grande partie de la population s'était ruée sur les produits de premières nécessités : la farine, l'eau, le sucre, le sel et l'essence.

À l'automne 2009, juste avant la grande vague de froid, quand le déclin de la société est apparu évident, même aux plus optimistes d'entre nous, j'ai fait comme les autres, je me suis ruée au supermarché, pour acheter de tout, enfin de tout ce qu'il restait.

J'y ai vu des familles charger des chariots entiers d'huile, de chips, de pâtes à tartiner et de sodas. Je me souvenais m'être sentie différente d'eux, plus intelligente, puis j'avais vite réalisé, que si j'étais au même endroit, au même moment, à faire la même chose, c'est que je ne devais pas être si différente. Et comme eux, je faisais partie de cette vague de retardataires qui n'avaient rien compris, rien anticipé, qui se précipitaient aujourd'hui pour trouver de quoi survivre, alors qu'il était évident que c'était trop tard.

Malgré tout, j'ai accumulé, des boîtes de conserve, pois chiches, rutabagas, sardines, n'importe quoi, des salades niçoises, du pâté en boite, tout ce que je pouvais prendre. Il n'y avait plus de lait, plus de sucre, plus de fruit, les rayons frais et surgelés étaient vides. Tout comme les rayons des piles, bougies et autres objets utiles. Le rayon vaisselle était resté intact. J'en ai profité pour prendre des assiettes en couleurs, des tasses à sortie, des verres colorés et des couverts multicolores, sans même prendre la peine de regarder le prix. J'ai laissé les enfants choisir trois livres chacun, ils étaient contents.

Encore une fois, je ressasse, quel intérêt aujourd'hui de me marteler de culpabilité parce que j'ai agi trop tard, je n'ai pas réagi assez tôt, assez vite, assez bien. Tout ça, c'est passé maintenant, je ne peux plus rien y faire.

Je suis là, apathique. Je me demande pourquoi je ne suis pas partie. Pourquoi aujourd'hui, je ne pars pas ? On pourrait aller vers le sud, vers des cieux plus cléments. Il doit bien y avoir quelque part des personnes qui se sont regroupées, qui sont ensemble, cultivant la terre et se rassemblant autour d'un feu le soir venu. Je me sens lâche, tellement lâche. Inerte et inutile.

Dans le coton vide dont j'avais fait ma vie. Il ne se passait rien, je ne réagissais que confrontée aux événements, aucune prise de décision, aucunement dans l'action, avant d'y être contrainte. J'attendais, et j'attends toujours la submersion pour réagir.

J'avais amassé de la neige, que je stockais à l'intérieur, dans la baignoire avec des tissus qui faisaient office de filtres. On buvait l'eau qui s'en écoulait.

Au début, nous avons eu des diarrhées plusieurs jours durant. D'abord, je versais des seaux de neige fondue dans la cuvette des toilettes, pour faire office de chasse d'eau, puis la neige ne fondait pas assez vite et ne s'évacuait plus, ce qui nous a obligé à sortir. Enfin, quand on avait le temps de sortir.

Pour la nuit, j'avais essayé de mettre des couches en tissus à mon fils, mais ça n'a pas fonctionné, il a fallu que je le change, ainsi que les draps à plusieurs reprises. Ma fille, malade elle aussi, se laissait rouler sur le tapis et continuer de dormir, ou me demandait de l'accompagner dehors. J'étais épuisée, je ne supportais plus cette odeur permanente partout autour de nous. J'essayais de dormir comme je pouvais, mais, étant malade aussi, c'était difficile. Je perdais patiente et m'agaçais d'un rien.

Après plusieurs nuits sans sommeil, je décidais de mettre en place une solution. J'ai donc passé des heures à essayer de creuser un trou juste au pied d'une des portes-fenêtres à l'arrière de la maison. Pensant qu'un trou à l'extérieur qui ferait office de latrines, serait le mieux pour l'hygiène et les odeurs. Après quelques heures, j'avais les mains engourdies par le froid, des ampoules éclatées qui saignaient. Mais je n'ai pas réussi à creuser plus de quelques centimètres, le sol était bien trop gelé. Je me suis laissée tomber sur les fesses.

J'étais bien, assise par terre, légèrement essoufflée, dans la douce torpeur de la fatigue.

Je suis restée un moment à flotter dans la vie calmement. Regardant le paysage. Les silhouettes des arbres, le reflet du soleil qui projetait des milliers d'étoiles sur le sol recouvert de neige. J'avais oublié à quel point ça pouvait être magnifique. Un instant de grâce, où tout est beau, tout parait si simple et serein, dans une bulle, hors du temps, de la réalité.

Je me suis fait violence, si on peut appeler ça de la violence, pour me relever aidée du manche de la pelle. Je me suis nourri encore un peu de ce moment. Puis, en baissant les yeux sur les heures de travail qui n'avaient abouti à rien ou pas grand-chose, je me suis dit que ça avait été un peu le résumé de ma vie. L'échec. J'avais toujours été pleine d'envies, de projets, qui n'aboutissaient jamais, je n'y arrivais pas. Ou ne me donnais pas les moyens d'y arriver.

L'échec suivi de la déception. Déception de soi, sans aucune possibilité de pouvoir faire porter la responsabilité ou la faute à qui que ce soit d'autre que moi.

Nulle et minable, voilà un peu ce que j'ai toujours été. Lâche aussi. Toujours à regarder les autres vivre de loin, en me disant que moi aussi, je ferais aussi bien, tout en ayant jamais le courage de sortir de mon trou pour entrer dans la vie. Peur de parler au garçon qui me plaisait au collège. Peur de devoir réussir mes études. Peur d'avancer dans la vie, peur d'être jolie. Peur d'être aimée. Peur de tout en fait.

J'ai fini par entrer à l'intérieur de la maison, de retour dans la réalité de la vie. Assise sur le carrelage, mes mains douloureuses, j'ai envisagé d'utiliser le trou sous la table de la salle à manger, qui ouvrait sur le vide sanitaire sous la maison, je l'avais fait pour se sauver en cas de danger. Solution de facilité, mais pas envisageable.

Je me sentais dépassée, submergée, abandonnée. J'aurais tellement voulu ne pas avoir autant de responsabilités, j'aurais voulu me laisser porter par quelqu'un de plus fort qui aurait su prendre les décisions et gérer tout ça à ma place. J'aurais voulu qu'il y est un adulte avec moi.

Alors, j'ai fait un deuxième trou dans le sol de ce qui avait été le salon, dans le coin le plus opposé possible aux escaliers.

Dans les jours qui ont suivi, les piles de la radio ont fini par lâcher. Les dernières infos transmises disaient qu'il était obligatoire pour chaque citoyen d'aller se rendre dans un centre pour être répertorié et vacciné. Je n'y suis pas allé, je n'y ai pas emmené les enfants.

Au début, parce que j'avais peur de faire le trajet, j'avais peur de ce qui pourrait nous arriver en cours de route, j'avais peur de ne pas pouvoir revenir, j'avais aussi peur qu'on soit séparé. Alors on n'y a pas été. D'autant plus que depuis la disparition des voisins, ce n'était plus seulement le trajet qui me faisait peur.

Avec l'arrêt de la radio, je me suis senti oppressée par le silence qui me coupait définitivement du reste du monde. Je me suis sentie anéantie, assise dans ce qui restait de la cuisine, j'ai pleuré en silence en tenant la petite radio blanche entre mes mains. Mes larmes à moitié gelées par le froid me cisaillaient les joues en coulant, mais je m'en fichais, je me sentais si profondément triste, comme si le monde venait de m'abandonner sur le bord d'une route, seule avec mes deux enfants.

Les jours suivants, j'ai gardé la petite radio dans ma main, à chaque instant de la journée, la nuit aussi. J'espérais bêtement qu'elle se remette à fonctionner comme par miracle. Je me suis dit qu'avec l'énergie de mon corps, je pourrais peut-être la recharger, si je la serrais assez fort entre la chaleur de mes mains. Ça n'a pas fonctionné du tout. J'ai fini par la poser au milieu des escaliers, pour pouvoir l'entendre où que je sois. Juste au cas où.

Nous continuions d'exister dans une parfaite routine, presque pathologique, j'avoue que j'avais peur, toujours peur, quand on sortait devant la maison, j'étais toujours en train de dire à mes enfants de parler moins fort, de ne pas faire de bruit, j'avais peur qu'on nous repère. Je ne sais pas qui était « On » des bandits ? Une milice ? La police de l'état?

Enfin ça, c'est quand les enfants avaient encore la force de jouer.

Je me sentais tellement vulnérable, une sourde angoisse me submergeait à chaque fois qu'une froide lucidité me faisait prendre conscience de la situation telle qu'elle était réellement.

On était là tous les trois, seuls, sans défense, coupés du monde, dans une précaire survie. Combien de temps, allions nous pouvoir encore continuer comme ça ? Les enfants allaient grandir, à quel moment l'un d'eux voudrait regagner la ville, persuadé que là-bas, ce serait mieux ? Pendant combien de temps, j'arriverai à cultiver des pommes de terre? Au fur et à mesure, il faudrait bien que je m'éloigne de plus en plus, pour trouver du bois. On ne pourrait pas survivre sans la chaleur du feu.

Et si demain des bandes arrivaient, qu'est-ce que je pouvais faire pour nous protéger ? Je n'avais même pas d'arme. Tout ce que j'avais réussi à faire, c'est un trou dans le sol, sous le tapis de la table de la salle à manger, qui débouchait directement dans le vide sanitaire sous la maison. On aurait peut-être une chance de se cacher, peut-être de s'enfuir, mais pas trop longtemps, et pas trop loin, car avec des températures aussi basses, on ne survivrait pas bien longtemps dehors.

Une froide lucidité toujours accompagnée d'une glaciale objectivité.

Cette nuit-là, j'ai rêvé d'un univers d'eau, fait de lacs, de cascades douces, de canaux, uniquement peuplé par des femmes. Je marchais sur un chemin de bois au milieu des eaux, certains bassins étaient recouverts de pétales de fleurs odorants, tout était délicieusement paisible et harmonieux.

Je me sentais tranquille, dans un lieu calme, en sécurité. Cette sensation a perduré quelques heures après mon réveil.

Au bout d'un moment, j'ai eu du mal à me repérer dans le temps, mon sommeil était très haché, entrecoupé de rêves étranges, je sursautais au moindre bruit, grincement ou crissement. J'avais de plus en plus de mal à savoir s'il faisait jour ou nuit. La lumière de ce qui avait été nos jours, était un peu moins sombre que celle de la nuit.

J'avais perdu le décompte des jours, des semaines, puis des mois, nos journées étaient toujours un peu les mêmes.

Mes rêves devenaient de plus en plus intenses, réalistes et profonds, quand je me réveillais la nuit, je mettais du temps à comprendre où je me trouvais, j'avais la sensation que ma vie n'était qu'un rêve, et ce que je vivais dans mon sommeil la réalité.

Nous dormions tous les trois dans le coin à gauche de la fenêtre, j'avais fait un gros lit moelleux avec des matelas et toutes les couvertures et couettes que j'avais pu trouver dans la maison, les enfants avaient ajouté leurs peluches. Ma fille avait dit

« C'est pour nous faire un petit coin maman », elle avait installé de jolis coussins, je l'avais autorisée à mettre des autocollants sur le mur au-dessus de notre lit. Les enfants étaient tellement contents que l'on puisse dormir tous les trois ensembles (3).

J'avais mis plusieurs rideaux sur la fenêtre de la chambre, pour la calfeutrer du froid. Je pouvais passer des heures à cette fenêtre ou celle de la salle de bain à observer, j'espérais peut-être comprendre, le sens de tout ça, si tant est qu'il y en ait un.

À la droite de la fenêtre, le poêle rudimentaire, mais efficace. Ensuite le long du mur un espace « Cuisine » avec une casserole, les quatre assiettes, les quatre verres, et les couverts colorés, que j'avais acheté la dernière fois où nous avions été au supermarché (3X4). Puis dans le renfoncement du grand placard-penderie face à la fenêtre, les bocaux et boîtes de conserve, les caisses de pommes de terre, les réserves de bois, des vêtements et des livres aussi.

Au départ, j'ai voulu continuer à vivre comme avant en lavant du linge et changeant les draps régulièrement. Les enfants jouaient dans la pièce ou alors, bien couvert avec leurs manteaux, je les laisser aller dans les autres pièces de la maison.

On ne s'aventurait dehors que pour aller chercher du bois, j'avais peur de les lasser tous seuls à la maison, je préférais toujours les avoir près de moi.

Un jour, on s'est amusés à faire une fresque sur le mur de ce qui avait été la salle à manger, on avait bien rigolé, on était très fiers de ce qu'on avait fait. Je me souviens avoir fait un pas en avant pour aller chercher mon appareil photo, puis j'ai réalisé que ça n'était pas la peine.

Il y avait un côté vacances farfelus pendant les premières semaines, on s'est amusés, retrouvés, puis les semaines ont continué à passer, comme si avant n'avait jamais existé, que nous avions rêvé cette période de lumière, d'herbe verdoyante, de brise dans les arbres. Les sols ne dégelaient plus et restaient couverts d'une neige givrée.

Ma fille me demandait souvent, quand est-ce que nous pourrions de nouveau aller au parc ou regarder la télé, l'école lui manquait, elle voulait y retourner, revoir ses copines. Parfois, dans la journée, elle mettait son uniforme jaune et gris, puis faisait l'école à son petit frère.

Elle en a de moins en moins parlé puis plus du tout. Il y a eu une journée entière où elle n'a pas voulu sortir du lit, elle n'a pas voulu manger de la journée, elle criait qu'elle détestait les pommes de terre, qu'elle détestait la neige et le froid, et moi aussi, elle me détestait.

Elle qui avait toujours été volubile, très active, débordante de créativité, d'idées, elle est devenue taciturne, elle ne souriait plus, continuait de jouer avec son petit frère ou de parler avec moi, mais de manière fonctionnelle, elle était comme éteinte à l'intérieur.

Mon fils, bien trop jeune quand tout a commencé, n'avait finalement jamais rien connu d'autre, il était très calme, discret, il pouvait rester des heures assis ou à demi allonger à regarder observer, en silence, sans besoin de courir dans tous les sens comme il était censé le faire à son âge.

Je réalisais qu'il n'avait jamais marché pieds nus dans l'herbe, fait des châteaux de sable à la mer, je visualisais mon cœur se comprimer et un liquide noir en sortir quand je me disais que non seulement, il n'avait jamais connu tout ça, mais que ça n'arriverait sûrement jamais, la vie ne redeviendrait jamais comme avant.

J'ai tenu pendant plusieurs mois avec cet espoir inconscient, qu'effectivement un jour, le soleil réchaufferait suffisamment la terre de ses rayons pour que la vie reprenne, comme avant, de l'herbe, des papillons, des êtres humains qui se parlent.

Puis, moi aussi, je me suis mise à détester les pommes de terre, la neige et le froid, enfin pas à détester, je n'étais pas en colère, peut-être que j'aurais dû l'être, au lieu de ça, j'étais triste, brisée, je n'avais plus goût à rien.

Je ne changeais plus les draps, ne demandais plus aux enfants de mettre des vêtements propres, j'avais mal à la tête tout le temps, le matin en me réveillant, ma tête était douloureuse et le restait pendant des heures et des heures, je n'avais plus la force de rien. C'est ma fille qui s'est mise à préparer les repas, gérer son frère et organiser les journées.

On ne vivait plus, tout au plus, on flottait au-dessus, ou plutôt on rampait en dessous de la vie. S'acharnant à empiler les jours les uns au-dessus des autres. Se faisant croire que ça suffirait.

Si dès les premiers jours, au lieu de perdre du temps et de l'espoir à me raccrocher désespérément à un système devenu obsolète, si dès le début, j'avais été prendre de quoi faire des serres avant que tout le matériel ne soit détruit par le froid, si j'avais passé mes journées à utiliser ce qui me restait d'essence pour aller charger la voiture de bois avant qu'il ne soit gelé. Je m'en veux, je sens que je n'ai pas été à la hauteur, j'aurais dû protéger mes enfants, j'aurais dû agir plus vite, plus fermement, autrement.

Ce que je regrette le plus, c'est tout ce temps perdu à me morfondre, à ne pas avoir eu la force de me lever, ne pas avoir eu la force de les porter, de leur sourire, j'aurais tellement dû profiter de la chance que j'avais de les avoir encore près de moi. Après tout, on était presque au chaud, presque en sécurité dans la maison, on avait presque à manger. J'aurais tellement pu faire autrement, je m'en veux de ne pas avoir réagi plus tôt. Je me sens égoïste, je me suis permis d'être faible alors que mes enfants avaient besoin de moi. Je ne me pardonne pas cette lâcheté.

Un jour, alors que j'étais penchée à racler la neige à la recherche de bois mort, je me suis redressée d'un coup.

- « Qu'est-ce qu'il y a maman ? »

- « J'ai senti l'odeur d'une fleur ! »

Si brève, que je ne me suis pas souvenue tout de suite ce que c'était. Les effluves légers d'une rose. Quelle douceur, quel parfum profond et délicieux, je me suis mise à chercher frénétiquement partout, autour de nous, j'ai soulevé le moindre bout de bois et ausculté le moindre monticule.

- « Aidez-moi à chercher ! Regardez partout si vous voyez des fleurs » malgré son regard mi-surpris, mi-désabusé, ma fille a commencé à regarder par terre, pendant que mon fils continuait à gratter le sol avec un bâton. Je ne sais pas combien de temps, nous avons scruté le sol. En vain. Je n'ai rien vu, pas l'ombre d'une fleur et encore moins d'une rose. En même temps, ça aurait été surprenant vu l'épaisseur de glace qui recouvrait la terre.

Mon espoir avait été si coloré et il sentait si bon, il a laissé revenir des images en couleurs au-dessus de ma tête en noir et blanc, des images de jardin, de soleil et de printemps. Mon corps cherchait les fleurs et mon esprit laissait se mélanger les souvenirs d'un passé heureux, verdoyant, lumineux, vivant.

C'était si loin, qu'après avoir fini de ramasser le bois, sur le chemin du retour je me demandais déjà si tout cela avait réellement existé, peut-être que j'avais tout inventé dans ma tête. Tout en marchant j'oscillais entre regrets, doutes, regrets et regrets.

En rangeant le bois à côté du poil, j'ai pris conscience que les humains de demain, ne sauraient pas ce qu'était une rose, ils ne sauront pas l'entêtant parfum des jardins aux printemps. Les humains de demain seront forcément différents.

Je me suis senti d'une tristesse infinie, profonde, j'ai eu la sensation de porter la fin de l'humanité telle que je l'avais connue, qu'après moi un monde nouveau naîtrait. J'ai eu terriblement peur en pensant à quoi ressemblerait l'avenir.

Je n'ai pas dormi cette nuit-là. Je me suis demandée pourquoi on continuait à vivre. Qu'est-ce qui ce passerait si demain je n'étais plus là ? Qu'est-ce qu'ils deviendraient mes enfants ? Est-ce qu'ils continueraient à vivre comme ça, jusqu'à ce qu'ils deviennent vieux tous les deux ?

À un moment, il n'y aurait plus de bois, comment ils feraient pour se chauffer ? Est-ce qu'ils seraient tellement habitués au froid qu'ils n'auraient pas besoin de feu ? C'est vrai après tout, c'est moi qui tiens absolument à trouver du bois pour faire du feu. Eux ne se sont jamais plein du froid.

De la faim non plus. Comme si c'était leur quotidien, comme si pour eux les choses ne pouvaient être autrement. C'était effectivement devenu leur quotidien.

Une bûche a craqué dans le poêle-bidon, sans réfléchir, je me suis levée, j'ai replacé la bûche correctement, puis je suis restée là, emmitouflée dans ma couverture, à titiller les braises avec une tige. Comme je le faisais des dizaines d'années plus tôt dans la maison de mon enfance.

Je me revois seule au milieu du noir de la maison, faiblement éclairée par l'âtre de la cheminée. J'ai été saisie d'un vertige, celui de ces deux (2) endroits du temps qui se rejoignent pour ne faire qu'un (1), tant les sensations sont identiques. Le noir, le froid, l'isolement, la solitude et la peur. Comme si j'étais coincée quelque part dans une boucle temporelle à revivre toujours les mêmes tourments.

Et puis il y a eu ce jour où mon fils est tombé malade.

La veille, nous étions sortis chercher du bois, perdue dans mes pensées, à me retourner sans cesse pour regarder si mes pas laissaient des traces sur le sol gelé, j'ai fini par trébucher sur un monticule de neige, et je me suis étalée par terre, je me suis laissée rouler sur le dos, mes bras ont glissé et je les ai laissé se déployer, en croix, dans la neige.

J'ai eu l'impression de devenir deux personnes un court instant, l'une allongée au sol, avec le seul ciel pour horizon dans un état de calme profond, l'autre qui disait aux enfants « ça va, je vais bien, j'arrive ».

J'aurais tellement voulu rester dans cette torpeur pendant des heures, au calme, je n'avais plus ni peur de l'avenir, ni de regrets du passé.

Je ne sais pas combien de temps, il s'est écoulé, entre quelques secondes et quelques courtes minutes, qui m'ont paru durer une délicieuse éternité.

Puis les enfants sont apparus dans mon champ de vision, ma fille sur ma droite et mon fils sur ma gauche, au début avec un air inquiet, puis quand ils ont vu que je n'avais rien alors ils se sont regardés et ils ont éclatés de rire.

Ils ont ri, et ri encore, comme un fou rire qu'on ne peut arrêter. À les regarder, j'ai senti une chaleur emplir ma poitrine puis ma gorge et ma tête, j'ai ri aussi de les entendre et j'ai pleuré, en même temps, mais ce n'est pas le rire qui me faisait pleurer, c'était de m'apercevoir de l'aspect exceptionnel de cet instant, de voir leurs yeux pétiller de joie, de bonheur, de vie. Comme si en fait, on était encore vivant, mais qu'on ne se rappelait plus comment on faisait pour vivre.

Une fois couchée, je me noyais encore une fois, dans mes souvenirs, submergée par le passé, l'avenir absent, que je ne pouvais me résoudre à éteindre. Comment effacer leurs histoires d'amour, leurs échecs et les réussites qui en découlent. Je ne pouvais pas éteindre les fêtes de Noël avec les bougies et les guirlandes, le sapin, et la décoration un peu excessive. L'excitation des enfants et la joie des parents. Se plaindre de manger trop gras, boire du vin, manger des gâteaux trop sucrés, sans avoir vraiment faim.

J'étais dans l'incapacité de concevoir qu'ils ne connaîtraient pas tout ça, je ne pouvais accepter un avenir sans espoir, des jours sans lendemain, et une vie fade, sans couleur, sans rire, sans voyage et sans découverte.

L'isolement, la peur, la faim et le froid, voilà ce qu'il restait, voilà quel avenir serait celui de mes enfants.

Je me suis tournée dans le lit en remontant la couverture sur mon visage pour que mes enfants ne me voient pas pleurer, mais je n'ai pas réussi, mon désespoir état si profond, mon chagrin était si grand qu'il dépassait de mon corps, du coup, je n'ai même pas réussi à pleurer. Ni à dormir. Ni à me lever.

Le lendemain, on jouait aux cartes sur les tapis, les enfants avaient voulu mettre leur uniforme de l'école. Tout à coup mon fils est devenu tout mou, tout calme. J'ai bougé ses jambes dans son petit pantalon bleu marine.

J'ai dit « Qu'est-ce qu'il y a mon petit chat ? »

Il s'est tourné vers moi, il était tout pâle, il m'a dit « Je suis malade Maman. »

Il a vomi une substance blanchâtre sur le tapis. Il avait

des haut-le-cœur et vomissait encore et encore, il était très affaibli. Ses yeux étaient injectés de sang. Il était brûlant de fièvre. Sa sœur s'est mise à pleurer et s'est blotti contre moi.

J'ai pris mon fils dans mes bras et on est parti immédiatement. On s'est retrouvé dans une grande salle de l'hôpital avec plein de monde. Les infirmières lui avaient donné un traitement. On devait attendre. Puis quand il a dit « Maman, je me sens pas bien. »

J'ai vu son visage tout blanc qui se recouvrait de plaques rouges et son nez qui commençait à saigner. Je l'ai soulevé dans mes bras et j'ai couru dans l'hôpital en appelant à l'aide, cherchant un médecin, ma fille toujours accrochée à mon bras, complétement paniquée.

Je le serrais dans mes bras, blotti contre mon corps et j'ai senti qu'il devenait plus petit, plus léger. Je me suis effondrée, le serrant contre moi, je l'ai senti partir. Je n'ai pas voulu lâcher son corps inerte, il était si petit, tout blotti contre moi.

Puis le temps s'est divisé, je pouvais observer la scène, je me suis vu hurler, à genoux sur le sol mes enfants blottis contre moi, des personnes en combinaison blanche, portant des masques sur le visage, sont arrivés en courant de l'autre bout du couloir, puis je les ai vus, m'arrachant mon enfant des bras, l'emmenant loin de moi.

Quand je suis sortie de l'hôpital, je ne comprenais pas ce qui s'était passé, je n'arrivais pas à intégrer, j'étais hagarde, je portais ma fille dans mes bras et dans un sac, une petite boîte de carton gris empli des cendres de mon fils.

Je me refusais à y penser, quand l'émotion montait, je sentais le haut de mon corps se déchirait en deux par une plaie qui formait une diagonale en travers de mon thorax, une plaie vive et douloureuse, qui brûlait avec les battements de mon cœur. Je me suis fait croire que je le retrouverai à la maison, allongé sur notre lit.

Sur le chemin du retour, ma fille m'a demandé si son

petit frère était mort.

Les sons sortis de sa bouche, se sont transformés en lames de rasoir, chaque lettre déchirant ma peau et s'y gravant à jamais. « Oui ma chérie », j'ai passé ma main dans ses cheveux, je lui ai fait un bisou sur la joue, je n'ai rien ajouté, ma bouche était pâteuse, ma tête trop lourde, je n'arrivais plus à penser.

Arrivées devant la maison, j'ai déposé ma fille par terre, l'avoir porté tout le trajet m'avait brisé les reins, mais je ne m'en rendais compte que maintenant.

J'ai pris sa main dans la mienne, je ne sais pas combien de temps, on est restées là à regarder notre maison. Avant, je la voyais comme un abri, dès que je l'apercevais, j'avais envie de rentrer m'y réfugier. Elle était maintenant devenue juste une maison, je m'apercevais qu'elle était juste en pierres dures et non plus avec des murs moelleux de réconfort, comme si mes émotions avaient pu modifier la matière ou tout au moins la perception que j'en avais.

L'intérieur était terriblement silencieux, et bien sûr vide. Je suis montée à l'étage, j'ai regardé dans notre chambre. Vide. Pendant que je continuais à chercher dans les autres pièces, ma fille s'est allongée dans le lit sans rien dire.

J'ai regardé dans la salle de bain, dans la baignoire, sa cachette préférée quand on jouait à cache-cache, toujours la même, mais à chaque fois, il pensait être bien caché, et à chaque fois, je faisais semblant de ne pas le voir et de le chercher pendant de longues minutes, avant qu'il ne surgisse en faisant un petit « Bou » discret, et bien sûr, je faisais semblant de sursauter, à chaque fois, il riait et me demandait « T'as vraiment eu peur Maman ? »

Je répondais que oui, il me regardait avec ses grands yeux sombres, et retournait jouer, content.

Cette fois, la baignoire était vide, les autres pièces de la maison aussi, je suis redescendue jusqu'à l'ancienne cuisine, j'avais oublié que les murs étaient verts dans cette pièce. C'était étrange, j'avais l'impression de tout redécouvrir autrement.

J'ai allumé un feu dehors sous le cerisier, derrière la maison, je l'ai laissé se consumer puis s'éteindre en espérant que ça ramollirait le sol, ou tout au moins, ça ferait fondre la neige et les premières couches de glace dans la terre. J'ai commencé à creuser, j'ai creusé et creusé pendant un jour et une nuit. Ma fille était restée à l'intérieur de la maison, je l'ai laissé seule pendant que je m'occupais de son frère tout ce temps.

Je n'aurais pas dû, si j'étais restée près d'elle, j'aurais vu la fièvre apparaître. Cette fois, je n'ai pas couru à l'hôpital, car j'avais compris qu'il serait vain d'espérer.

Je suis restée allongée près d'elle, à la regarder mourir, mon corps empli d'une douleur effroyable, mélange de chagrin, détresse, culpabilité, colère et désarroi aussi. La fièvre a continué de monter, puis quelques jours plus tard elle est partie rejoindre son petit frère, toute endormie dans mes bras.

J'ai déterré la petite boîte grise contenant mon fils, puis j'ai rallumé un feu sous le cerisier, plus gros cette fois, beaucoup plus gros. J'y ai mis tout le bois que nous avions. Puis les chaises, puis la table, les draps, nos couvertures, les vêtements, les livres, les rideaux, nos dessins, tout.

J'ai installé le corps de ma fille au centre, la boite qui contenait son petit frère, posée sur son ventre, entre ses mains pour qu'ils soient ensemble tous les deux. Le feu a brûlé une partie de la nuit.

Je suis restée assise près de ce qui restait, au fur et à mesure que le jour se levait, je sentais la vie se vider en moi, j'ai attendu que mon tour vienne. En vain.

J'ai traversé la maison et suis sortie par la porte de devant, en refermant derrière moi sans faire de bruit.

Il s'est mis à pleuvoir, une pluie épaisse et noire, j'ai marché sous cette pluie battante pendant des jours et des jours jusqu'à m'effondrer dans la boue. La terre gluante m'enveloppa, chaude et rassurante. J'ai revu tout, ma vie entière, chaque point de détail est revenu me hanter, m'éviscérer. Je me suis sentie submergée, tellement triste et si seule. Je me sentais fragile, prête à me briser, en tout petit morceaux de verre.

Quel soulagement rien qu'à l'idée de ne plus être. Ne plus avoir à porter quoi que ce soit, ne plus avoir à affronter tout ça. Ne plus être seule et ne plus avoir peur. Que la souffrance s'arrête enfin. Ne plus avoir besoin de réfléchir à ce qui est le mieux à faire, ne plus avoir de décision à prendre, ne plus regretter mes choix.

Je suis restée là engloutie, des jours entiers dans mon vomi, la boue et mon urine, sans déplacer rien d'autre que les tréfonds de mon âme.

J'avais des images, des envies qui ressemblaient à des rêves, j'ai essayé de les enfouir pour ne plus espérer, hurler, pleurer, avoir mal, s'y habituer, attendre.

J'ai perdu la peur, peur de mourir, peur de perdre ce que j'avais de plus cher, je n'avais plus rien, plus d'avenir, plus d'espoir, plus de famille. Je suis devenu un grand vide sombre et douloureux. J'avançais, marchais, jusqu'à user mon corps, pour qu'il s'arrête, s'éteigne enfin, que je puisse partir, quitter cette souffrance tourmentée que j'étais devenue.

La douleur a explosé soudainement au niveau de ma poitrine, telle une bombe équipée de lames de rasoirs à l'intérieur de mon corps.

Chaque cellule déchiquetée par la douleur, ça a été si soudain et si intense, que je suis tombée au sol. Enfin, mon corps est tombé au sol. Je me suis vue de l'extérieur, j'ai vu mes jambes se plier, ma tête partir en arrière, et entre les deux comme un accordéon tout mou, mon corps s'est tassé sur lui-même avant de se retrouver par terre. La douleur avec lui.

Je me suis observée debout, près de mon corps allongé. Je me voyais du dessus, toute entière et aussi de manière fragmentée, par petits bouts à la fois, c'était étrange, mais ça n'avait aucune importance, pour l'instant, je n'avais plus mal. Plus de douleur, plus d'angoisse, et c'est tout ce qui comptait. Puis, apparue une sensation de liberté, de complétude, comme si je faisais partie de tout ce qui m'entourait, j'ai eu la sensation que tout était lié.

Pas seulement les êtres vivants, mais aussi les événements, chaque chose avait sa place, et son utilité, rien n'était inutile ou perdu. Le plus surprenant, c'est que j'ai eu la sensation de rentrer enfin chez moi, de revenir d'où je venais.

J'ai pris conscience de l'immensité de l'univers et j'ai eu envie de m'éloigner, le haut de mon corps s'élevait, mais en vain, je n'arrivais pas à m'éloigner, comme si un cordon me rattachait à ce corps inerte qui était le mien et en même temps, pas le mien.

Alors je suis restée là, autour de moi, m'imprégnant des pulsations de la terre, de la force du vent, du moindre frémissement de vie aux alentours. J'ai vu le temps s'écouler, puis plus rien.

Je sens les gouttes de pluie s'écraser sur mon visage, si lourdes, on dirait des larmes de pierre, quelles larmes ? Je me demande qui peut bien pleurer, je me demande si ce sont les larmes de mes enfants, les miennes ou celles des dieux.

Je me sens basculer dans un immense trou noir, la chute vertigineuse me donne la nausée.

Quand je reprends connaissance, j'ai la sensation d'être réveillée par le goût métallique du sang dans ma bouche, ma tête coupée en deux par la douleur.

J'arrive à soulever légèrement une paupière. Tout d'abord, je distingue les éclaboussures des gouttes de pluie dans la boue, dans une étrange lumière blanche, leur éclat est partout, le sol boueux est sombre, je ne vois plus qu'en noir et blanc. Je suis allongée sur le flanc gauche, au sol, mon visage posé sur un tas de pierres lisses comme des galets plats, noirs, eux aussi.

Il pleut averse. Une main fouille au niveau de ma nuque, saisit mes vêtements, le haut de mon corps se soulève pendant que le reste est traîné dans la boue.

L'eau de pluie, comme de la lumière éclaire l'obscurité boueuse. Mon œil se referme, je perds à nouveau connaissance.

Je sens le goût du sang, mêlé à celui de la terre dans ma bouche, des feuilles se collent à ma peau, je sens les larmes dans mes yeux, je sens mon corps qui s'éloigne et le voyage qui commence par un trou noir où la connaissance du tout est absolue, puis s'évapore.

Je me réveille ailleurs.

Avec mes doigts, j'essaie d'enlever la boue sur ma langue. Mais il n'y a pas de boue. Je regarde autour de moi. Je suis dans un couloir gris. Il n'y a que des portes rouges. J'avance jusqu'à une intersection, de part et d'autre, des couloirs gris et des portes rouges. Je ne comprends pas où je suis, les portes et les couloirs me font penser à un hôtel. J'accélère le pas, espérant trouver des escaliers ou une sortie. Rien. Je fais demi-tour, essais d'ouvrir une porte puis une autre, elles sont toutes fermées. Je m'arrête tout à coup, car je ne sais plus où je veux aller. Je suis perdue. Je me sens triste, si triste.

Mes yeux me brûlent, j'ai mal, partout, si profondément que je me sens suffoquer, étouffer, tomber. Je choisis de m'effondrer, de me laisser submerger par tant de chagrin et de regrets, je suis envahi d'une horrible douleur, profonde, sourde, immense. Telle la mer(e) elle m'écrase, me broie, brise chacune de mes croyances, chacune de mes aspirations, annihile le moindre rêve, écrase le frémissement du moindre désir, me réduit à néant.

Réveillée en sursaut par le silence, je suis dans un lieu où l'obscurité est si épaisse que j'ai l'impression t'étouffer en la respirant. Je ne sais pas si mes yeux sont ouverts. Je mets un temps infini à me calmer. J'essaie de comprendre où je suis, ce que je fais.

C'est un lieu multiple, indéfinissable, indescriptible avec

des mots humains, peut-être parce que ce lieu ne se nourrit que de maux.

Le noir s'est répandu autour de moi, puis sur moi, et en moi.

Une boule de bois épineuse s'est formée au centre de mon corps, puis les branches chargées de lourdes épines faites d'une roche glaciale, se sont ouvertes un passage dans mon corps les unes après les autres, au rythme de mes hurlements, certaines traversant mes bras, sortant par endroit et se réinsérant ailleurs dans ma peau, certaines dans mon ventre, jusque dans mes pieds, d'autres transperçant mes jambes. La douleur, encore, effroyable, chaque épine déchirant mes chairs à chaque mouvement.

Je sens mes émotions déchiqueter mon torse, pour s'arracher à moi. Il ne me reste plus qu'à les regarder s'éloigner, mes yeux brûlant des douleurs du passé, ma poitrine ouverte, béante du vide (0) qu'il y reste.

Une boule ardente à l'intérieur de mon ventre, la colère comme dernière énergie vitale. Au-dessus, à la place du cœur, le noir glacial et le vide profond. Je ne pensais pas que le vide (0) et le silence de l'absence (0) puissent être si douloureusement présents. (+ 1).

Parfois, le silence mêlé à l'obscurité me comprimait à l'intérieur de mon corps, où je me sentais enfermée, prisonnière, seule face à mes émotions.

L'introduction a été écrite, il y a bien longtemps. En plein développement, je m'avance vers ma conclusion, déjà prévisible quand bien même je la vois évoluer à chacun de mes pas.

Souvent, je me laissais partir parce que je n'en pouvais plus. Je fermais les yeux et je retournais là-bas. Sous les arbres, le vent, le soleil, la vie. Ma vie d'avant avec mes enfants. Maintenant, il me reste la colère, comme des étais, pour tenir.

Jusqu'au jour où j'ai rampé, et ramper là-bas, dans cet univers, c'était déjà se redresser.

Une lumière grise a fini par crever l'obscurité, et a fait

apparaître, toutes ces images en couleurs au-dessus de ma tête en noir et blanc, ces douces émotions dans mon aride poitrine, tous ces désirs dans mon ventre vide.

Je traverse une porte, survole un couloir, traverse une autre porte.

À la lumière du réfrigérateur resté entrouvert, mon fils dans les bras, je regarde l'arrondi de sa joue pendant qu'il tète son biberon. Je sens son petit ventre qui respire contre le mien, sa petite tête contre mon épaule, sa petite main posée délicatement sur la mienne.

Ma fille, est assise près de moi, elle porte le pyjama vert que je lui ai offert la veille. Elle me regarde en souriant, elle a les yeux qui pétillent, car elle a eu le droit de manger un biscuit au chocolat.

Le chat se balade dans le couloir en attendant que l'on retourne se coucher. Tout est paisible, calme et silencieux.

Je ferme les yeux un instant, quand je les rouvre, je suis ailleurs, assise dans un canapé qui n'est pas le mien, d'une main, j'en caresse le velours marron, de l'autre, je tiens un téléphone à mon oreille. Je suis occupée, et pourtant au fond de moi, je sens un manque profond, je regarde près de moi, et dans mes bras, avec la sensation d'avoir perdu quelque chose d'essentiel, mais je ne sais pas quoi, je pose ma main sur mon ventre qui me parait petit, plat. La sensation de manque s'ancre dans mon cœur pour y creuser un grand vide (0) mais je ne n'en comprends pas la raison, alors je me concentre sur la conversation téléphonique.

Je lui avais dit que je viendrai ce soir. Alors quand il a vu que le temps passait malgré moi, il a téléphoné.

J'ai dit :

_ « J'ai changé d'avis, ce soir, c'est avec un autre que je suis ».

J'ai entendu qu'il arrêtait de respirer, puis il a dit :

_ « Non, tu ne peux pas faire ça, Fais pas ça, je sais ce que je veux maintenant, c'est toi que je veux, t'es la femme de ma vie ».

_ « C'est quand tu en voyais d'autres alors que c'est moi qui dormais dans ton lit, que tu aurais dû savoir mon amour ».

_ « T'es ma femme, t'es à moi, je veux pas qu'il te touche, je suis ton homme, je suis le plus grand homme de tous les temps, y a personne qui t'as fait jouir comme moi ».

_ « Oui dans ton lit, tu es le plus grand homme de tous les temps, mais on y est trop nombreuses, tes miettes ne me suffisent pas. C'est trop douloureux mi Amor, ce n'est pas ce que tu avais promis ».

_ « Je veux pas que tu restes dormir là-bas ».

_ « Non mon amour, je ne resterai pas, je t'ai promis de ne dormir que dans ton lit ».

_ « Vous avez fait l'amour ? »

_ « Oui... Je lui ai demandé de me parler tout le temps...Tout doucement pour qu'il efface tes mots devenus vides de sens à force de t'entendre les dire à d'autres...Pleure pas mon amour, c'est toi qui as fixé les règles du jeu ».

_ « Tu m'aimes ? »

_ « Bien sûr que je t'aime mi Amor, je n'aime que toi tu le sais bien...

J'ai demandé :

« Est-ce que je te fais mal ? »

_ « Oui ... »

_ « Dis le moi ».

_ « Tu me fais mal...Tu me fais...Très mal. »

_ « N'oublie pas quand les images viendront te hanter...N'oublie rien surtout. »

_ « Tu viendras me rejoindre après ? »

_ « Oui mon amour, c'est dans tes bras que je viendrais dormir ».

Il est tout ce que j'ai de plus obscur en moi, je dois le fuir, mais au lieu de ça je...

Il a dit qu'il était l'errance et moi la perdition, mais

certaines nuits, les rôles s'inversent.

En tout cas, je ne suis peut-être qu'une errance pour lui, mais il est la perdition pour moi, ma perdition.

Il est ce trou noir qui me fera plonger, nager puis me noyer.

Tous les deux…
On ne pourra jamais...
Se noyer car...
Il y en aura toujours...
Un pour sauver l'autre.

Je suis illusoirement rassurée.

Je voudrais tellement que le temps s'arrête pour que je puisse encore vivre de lui, de son odeur, de son regard, de ses mots et de ses maux.

Me retrouver de nouveau plongée dans nos tourments.

Je ne suis plus rien quand mes lèvres sont humides des siennes.

Si j'avais été une étoile, alors j'aurais dit que j'ai rencontré un trou noir, il m'a attiré à lui et je me suis laissée aspirer.

Il a dit qu'on nagerait ensemble et finalement, c'est seule que je me noie.

Alors j'ai fermé la porte sans faire de bruit.

J'aurais voulu qu'il ne m'oblige pas à le haïr.

Ce qui me fait le plus mal ce n'est pas son absence, c'est l'espoir de le revoir.

Tu ne m'as laissé aucune chance. Rien.

En même temps, c'est ce que j'ai toujours été. Rien. Rien ni Personne.

Encore une fois, j'ouvre une porte au hasard, avec un peu d'appréhension, car j'ai toujours peur de retourner dans ces univers où je m'enlisais sans pouvoir m'en sortir. J'ai peur de basculer à nouveau là-bas, où l'angoisse est une matière nourricière.

Je suis immergée dans une eau froide, noire et épaisse, avec des amas d'algues gluantes partout autour de moi.

Quand j'ai sorti la tête hors de l'eau, l'odeur de moisissure m'a fait suffoquer, j'étais dans un espace qui ressemblait à une cave, il y avait des marches faites de grosses pierres jaunâtres, j'ai avancé jusqu'au bord.

Je me suis hissée comme je pouvais, j'ai remarqué qu'elles ne débouchaient sur rien d'autre que le plafond, qui se trouvait à environ un mètre (1) au-dessus de ma tête.

Je ne pouvais pas me tenir debout, il y avait de la mousse visqueuse partout sur le sol et les murs, au plafond les amas de mousse trop lourds formaient des stalactites dégoulinantes et puantes.

L'odeur me donne envie de vomir. Je suis dans une pièce d'environ quatre mètres sur deux (42), transi de froid sur le rebord que constituait les marches, avec devant moi une eau noire et stagnante. J'ai l'impression que je suis déjà venue ici, j'ai l'impression que je connais ce lieu, mais j'ai un souvenir si vague que je n'arrive pas à le saisir.

Je voyais comme en plein jour alors qu'il n'y avait aucune ouverture nulle part.

Je suis restée un moment, assise, recroquevillée sur moi-même, cherchant à comprendre pourquoi je revenais, transi d'un froid si humide qu'il rendait tout gluant, à commencer par mes pensées.

Les algues se sont amenuisées et ont fini par disparaître, la voûte est très haute maintenant.

La luminosité change, j'ai remarqué que le niveau de l'eau baissait, et au même rythme la lumière s'assombrit.

L'eau a complètement disparu maintenant, la voûte est si haute que je ne peux plus l'apercevoir.

Alors, comme je n'ai pas encore appris à m'élever, je choisis de m'enfoncer plus bas. À ce moment-là, c'est ce qui me paraît le plus évident.

Au moment où mes pieds touchent le sol de la cavité

autrefois remplie par l'eau, la lumière disparaît complètement, ou plutôt devient obscurité profonde.

Je glisse. Je glisse doucement, mais sûrement dans un grand et gluant gouffre noir. Quand c'est gluant, c'est chaud et rassurant car enveloppant.

Est-ce que c'est bien ? Je ne sais pas. C'est si précaire, bancal et illusoire que j'ai envie d'y plonger encore un peu plus pour encore ne moins voir, oublier et ne plus ressentir, juste avoir un peu moins froid et me sentir un peu entourée. Illusoirement rassurée.

D'horribles flashs aveuglants apparaissent pour devenir permanents, il s'y creuse des trous noirs, vides et stériles, j'ai traversé les jours et les nuits sans les voir passer, sans les sentir venir, sans les voir partir.

Je me suis retrouvée dans des lieux sans savoir ce que j'y faisais, ni pourquoi j'y étais. L'espace autour de moi changeait, évoluait, j'étais immobile, aveuglée par la lumière tranchante. Je regardais la vie tourner autour de moi sans qu'elle n'arrive à me prendre ni à m'abandonner tout à fait.

J'avais des images, des envies qui ressemblaient à des rêves, j'ai essayé de les enfouir pour ne plus espérer, hurler, pleurer, avoir mal, s'y habituer, attendre.

Je me réveille avec les dents qui collent, la peau de mon visage et de mes seins qui tirent vers le bas. Mes yeux sont noirs de fatigue, ma bouche noire de vin et de cigarettes, mes cheveux gras du temps qui passe à travers les brumes de l'alcool.

Alors que je suis à genoux, pliée en deux de douleurs, je me retrouve de nouveau dans ces maudits couloirs, je me sens groggy, salie et honteuse.

Je ne marche pas droit, j'ai terriblement mal au crâne, j'ai envie de me laver, de me laver les dents. Je sais sans le voir que mon maquillage a coulé sur mon visage et mes vêtements empestent un mélange fait de décadence, d'avilissement et de déni.

Je ne pense pas avoir réglé quoi que ce soit cette fois, je pense que c'est plutôt quelque chose que j'ai emporté avec moi, comme une pierre de ma construction. Peut-être qu'un jour je pourrai en arrondir les angles, ou peut-être pas, car c'est une des pierres qui fait partie de mes fondations.

Je m'éloigne de cette porte, emportant avec moi ce goût amer dans ma bouche. Je ne sais pas si je divague ou si je déambule, en tout cas, une chose est sûre les murs qui m'entourent forment des couloirs gris à l'infini. Je fredonne une chanson, je ne sais pas comment je l'ai apprise, ni d'où est-ce qu'elle vient.

J'ai marché sur la 18e colonne

Mon impureté ayant entaché les éléments

C'est au firmament que j'ai choisi de briller

Mon impétuosité noyée dans la glaise sombre de mes envies

L'exaltation comme un dégoût de soi

Le plaisir de l'abnégation, la contrainte libératrice

Mon assouvissement égaré au point de rupture de l'autre

J'ai marché sur la 18e colonne

Le partage infructueux, l'échange stérile

La noire errance qui me colle à la peau

J'ai traversé jusqu'à l'indécence

Le lien sus pendu

Cette absence de toi qui nourrit mes envies

Ce désir d'espoir qui me grandit

J'arriverai à respirer la lumière

À me nourrir du plaisir de me perdre pour mieux me retrouver

Finir par te rejoindre dans un univers où tu n'existes pas encore

Là-bas, je construirai un monde sans toi

Car, c'est en solitaire qu'il faudra s'écorcher

Je titube, et pourtant, je ne me sens pas ivre, je tombe contre des portes rouges, les repousse, me cognant aux murs avant d'arriver à me stabiliser au centre du couloir. Je prends quelques minutes pour retrouver mon équilibre, ma tête inclinée vers le sol.

De la salive s'écoule de ma bouche en longs filets. Mes cheveux sont gras, ils pendent dans mon champ de vision, je me rappelle que je ne vois pas l'intérêt de m'attarder à m'attacher à des êtres, qui finalement ne deviendront que des fantômes.

Je me souviens que je remplis le vide. Un verre, une cigarette, un amant, je passe beaucoup trop de temps à essayer de remplir le vide.

Je m'étouffe dans la fumée âcre de cigarettes, l'odeur de la musique est bien trop forte, l'étreinte de l'alcool trop intime.

Ma volonté encore une fois transformée en lubricité, je me réveillerai fatiguée et sûrement dégoûtée aussi. Il fait noir, il fait gris, c'est crade et ça pu.

Mes yeux sont noircis d'amertume et mes cheveux gras du temps qui passe.

Trop de rien et pas assez du reste,

Finalement trop de tout ça,

J'en veux encore, mais je n'en peux plus.

Je perds toute notion de temps et je traverse les jours et les nuits sans les voir passer, sans les sentir venir, sans les voir partir. Sans plus pouvoir m'arrêter.

Je repousse les limites de la décence et de la dignité, jusqu'à l'exultation extrême du dégoût de soi. Aller si loin que ça ne peut se traduire que par une réaction physique d'extériorisation qui est le vomissement, car c'est peut-être bien moi que je rejette dans ces moments-là. J'ai juste envie de rentrer chez moi, ne parler à personne, ne voir personne.

Le silence. Le noir. Le vide. Seule. Tranquille. Pas faim. Pas soif. Envie de rien. Même pas de me noyer, de m'anesthésier ou de partir.

Tout me parait fade, ennuyeux. J'ai pas envie. Je suis fatiguée. Je veux pas qu'on me parle.

Je veux pas qu'on me voie. J'ai envie de vide. (0)

Je me fustige quand j'ai des rêves. L'espoir me contrarie. De toute façon je ne vois pas ce que je peux faire. J'ai pas envie. J'ai envie de tout arrêter. J'ai envie que tout disparaisse. J'ai envie d'être dans un non-espace, sans bruit, sans temps, sans rien. Le vide, le néant, le silence.

Une terrible nausée me submerge, je me sens dégoûtée de tout, à commencer par moi. Je vomis sur mes chaussures au milieu des couloirs gris. Alors que j'essuie ma bouche avec le revers de ma manche, en un semblant de dignité, avec la seule intention de fuir cette désagréable sensation, j'ouvre une porte et m'y engouffre encore titubante.

J'ai saisi l'épée, elle était magnifique avec une lame si propre qu'elle en était lumineusement acérée. Au-dessus de la garde dorée, le manche état gravé de tout son long, avec des signes plus ou moins cabalistiques, du très grand travail, aussi précis que précieux.

Cette épée, ce n'était pas la mienne, c'était la sienne, celui contre qui j'étais accolée. Mes seins écrasés contre son dos, mon bras autour de son cou. Je le serrais fort, tout contre moi, la pointe de son épée appuyée contre son rein. Il portait une combinaison moulante noire avec des rayures blanches sur chaque flanc.

Je me suis demandée comment il arrivait à garder des vêtements blancs dans tout ce bordel.

Les autres autour de nous m'ont demandé de le lâcher, ce que j'ai refusé de faire, évidemment. Ils étaient tous là, ses amis, ses pseudo-amis, sa famille, et elle.

J'appuyais fermement la lame en lui parlant, je lui ai demandé s'il avait mal ou peur. Il a dit que non. La combinaison qu'il portait offrait une certaine résistance, et quand soudain j'ai transpercé, son dos, son rein, son abdomen, j'ai été surprise car je ne m'y attendais pas.

La lame a glissé comme dans du beurre. Je voulais juste lui faire peur et un peu mal aussi, mais je ne voulais pas le transpercer.

Je ne voulais pas qu'il meure, je voulais qu'il souffre et regrette ce qu'il m'avait fait. Je ne veux pas tuer un être humain comme ça, si calmement.

J'ai retiré l'épée de son corps ouvert, je l'ai laissé tomber doucement sur le sol et son corps a suivi. C'est à ce moment-là que j'ai compris, un peu trop tard, certes, qu'il ne m'appartenait pas.

Je n'avais plus rien à voir avec sa vie, et je le punissais pour quelque chose de passé, qui n'existait même plus dans le présent, sa vie et la mienne n'étaient plus liées, les choses avaient changé, pas comme je l'aurais voulu, certes, et je venais de lui voler sa vie, qui ne me concernait plus. J'ai pris conscience, à ce moment-là de l'injustice, de la bêtise et de l'irrationalité, de ce que je venais de faire.

Ce n'est pas seulement sa vie à lui que je volais, c'était une partie de la leur que je détruisais aussi. Et tout ça pour quoi ? Mon égoïsme et mon ego blessé.

Alors qu'il aurait suffi que je tourne le dos, comme on tourne une page et que j'avance vers autre chose de plus sain, au lieu de ça, j'ai préféré vermiller dans cette misère affective, bancale et illusoire.

J'ai reculé vers les tunnels souterrains qui étaient juste derrière moi. Je regardais son corps ensanglanté recroquevillé sur le sol, les autres autour qui le regardaient, ils restaient tous parfaitement immobiles, aucun d'eux n'a bougé, jusqu'à ce que je tourne au premier virage de terre, qu'ils me croient disparue dans les noirs tunnels de l'enfer.

Ils se sont précipités sur lui, je les ai vu s'agenouiller, la femme hurlait et les autres pleuraient. J'ai eu du chagrin de me rendre compte de ce que j'avais provoqué, ce n'était pas juste, mais je me suis retournée et j'ai couru, couru, couru, jusqu'à ce que s'effacent les images et les sons, les émotions et les sensations. Lorsque, à bout de souffle, j'ai ralenti ma course, la tête me tournait, je dégoulinais de transpiration, les muscles de mes jambes étaient raides de l'effort fourni. Je me suis assise un instant par terre sans comprendre où je me trouvais. J'avais soif, alors je me suis relevée et j'ai ouvert une porte dans l'espoir de trouver de l'eau.

La pluralité de nos individualités fait que lorsque l'on est ensemble, c'est l'infinité des possibles qui s'offre à nous. Je me demande jusqu'où est ce que ça ira, si aucun d'entre nous n'est capable de poser de limite.

La première fois où l'on m'a demandé comment nous nous étions rencontrés, je me suis retrouvée un peu surprise, car nous n'avions pas pensé à mettre au point une histoire qui tienne la route. Alors j'ai menti parce que bien sûr le mensonge, quel qu'il soit, serait forcément plus acceptable que la vérité. Je me suis contentée de dire que nous avions un « Ami » en commun, ce qui, réflexion faite n'était pas totalement faux. Sauf que ce n'était pas franchement un ami. Mais plutôt...un monstre.

Nous avions tous deux, chacun de notre côté et sans connaître l'existence de l'autre, pourchassé ce monstre.

Lorsque je l'ai enfin retrouvé, il était déjà entre ses mains.

Quand je suis entrée dans l'usine désaffectée, j'ai marché et chercher sans faire de bruit, et très lentement parce que je ne voulais absolument pas qu'il m'échappe encore une fois. Alors j'ai pris mon temps, j'ai traversé chacune des immenses salles encombrées, je restais à chaque fois de longues minutes immobile pour m'habituer à l'obscurité, apprivoiser chaque bruit et maîtriser chaque odeur. J'avais une vision tellement froide et aiguisée de tout ce qui m'entourait qu'en approchant de lui, d'eux plutôt, j'ai senti l'odeur de la sciure de bois par terre, des excréments de rats, et peut-être d'humain aussi, l'odeur métallique du sang et celle chaude et un peu écœurante de la viande fraîche.

Je les ai vues par les interstices des planches, qui

délimitaient, mon espace et le leur.

C'est le monstre que j'ai vu d'abord, assis sur une chaise de bureau en cuir noir avec des pieds à roulettes en métal, les mains si fermement ligotées dans son dos que des traînées de sang débordées des fils de fer qui le retenaient. J'ai vu ses mocassins noirs, ses chaussettes bleu marine et son pantalon noir. Faute de goût, j'ai pensé.

Et puis posée sur ses cuisses, ses viscères, tout au moins ses intestins pour ce que j'ai pu en reconnaître. Ça faisait un sacré gros paquet. Il y en avait même un morceau qui traînait par terre avec des copeaux de sciure collés dessus. Je ne pouvais pas bien voir son visage, mais j'ai reconnu ses cheveux, sa peau grasse et dégueulasse de gros porc, ainsi que sa voix.

Il suppliait, il pleurait, il disait : « Je regrette...Pardon...Je ne voulais pas...Je ne l'ai pas fait exprès...C'est juste que parfois, je n'arrive plus à me contrôler...C'est plus fort que moi...Je sais que c'est mal, mais je ne peux pas m'en empêcher ».

Je suis entrée dans leur espace.

J'ai oublié qu'il y avait une tierce personne entre le monstre et moi, je me suis juste plantée en face de lui, je l'ai regardé dans les yeux et j'ai attendu. Là, j'ai eu la certitude que, mêlée aux odeurs des excréments de rats et de sciure, entre autres, il y avait bien une odeur de merde humaine. Je suis restée là à le regarder, à transpercer ses yeux avec les miens. Il a pleuré. Il a dit : « Non...Pitié... ».

Sentant une présence près de moi, je me suis enfin tournée vers lui.

Il n'avait pas vraiment l'air surpris de me voir apparaître comme par enchantement, peut-être que comme moi, il n'avait plus grand-chose à perdre et que par conséquent il n'en avait strictement rien à foutre que je sois là, ou non.

On ne s'est pas regardés bien longtemps, quelques secondes ont suffi, il m'a fait un signe avec la main comme pour me céder la politesse, alors je me suis rapprochée du monstre.

Enfin, face au monstre, j'ai chanté : « Je te tiens, tu me tiens par la barbichette... » Puis je lui ai envoyé un revers de ma main droite, tellement fort qu'il est tombé à la renverse avec la chaise, ses viscères étalés jusque sous le menton. Sans rien dire j'ai relevé la chaise d'une main, aidée par celui qui se trouvait juste à côté de moi, tout en tenant les entrailles du monstre de l'autre main. Surtout le garder en vie le plus longtemps possible. J'ai vu des larmes couler sur ses joues. C'est drôle, mais je n'ai pas pensé un seul instant que cet homme pouvait être malheureux ou triste, à aucun moment. Comme quoi il est des situations où toute objectivité est inexistante. Il a quand même hurlé en tombant, je ne sais pas si c'est la peur ou la douleur et puis de toute façon, je n'en ai rien à foutre.

Quand nous sommes sortis côte à côte de l'usine, nous n'avons pas parlé ni l'un ni l'autre, on a marché tous les deux ensemble sans but précis. Je ne sais pas pendant combien de temps. Une heure ? Une journée ? Je ne sais pas. Le fait est, qu'à un moment donné, il a fait nuit, et c'est à ce moment-là que nous sommes entrés dans un restaurant.

Deux salades césar. Parmesan, croûtons et salade verte. Pas de viande merci. Une bouteille de vin rouge.

Il a dit son nom, j'ai dit le mien. Et voilà.

Du temps. Beaucoup de temps et des mots, très peu de mots.

En buvant une gorgée de vin, je me transpose aussitôt dans un ailleurs, une autre vie, une autre version de moi.

J'y suis comme si j'y avais toujours été, je ressens et porte absolument tout. Les sensations, les souvenirs, les douleurs, les projets, absolument tout, comme si, à ce moment-là, je n'avais jamais été personne d'autre.

Je vivais dans un grand appartement à loyer modéré, appartement 369, dans un quartier près du fleuve, où les enfants étaient scolarisés. J'étais assise, seule, à la table de la cuisine, une tasse de café devant moi, mon café était froid depuis un moment déjà. Je me demandais comment j'allais faire pour tout payer, j'avais trop de dettes, des échéanciers non payés, des factures qui s'amoncelaient, des relances d'huissiers, le tout soigneusement froissé et tassé dans le placard de la cuisine.

La nuit dernière (-1), je me suis tordue de douleur dans mes draps, car tu me manquais, je sens au fond de moi que tu es là quelque part tout proche, mais trop loin.

On se connaît déjà, mais pas encore.

Parfois, je te sens tout près, mais ça ne dure qu'un instant, et je te sens t'éloigner à nouveau. C'est douloureux, je souffre de ton absence, tu me manques terriblement, je ressens la douleur de ton absence physiquement. Je me sens reliée, intriquée à toi, sans savoir ni qui tu es, ni où tu es.

Je souffre de ton absence, alors que tu n'existes peut-être pas ailleurs que dans ma tête.

Peut-être que je t'ai créé pour adoucir cette réalité dans laquelle je n'en peux plus, j'ai une tête de déterrée, je ne supporte plus rien ni personne, et si je ne pleure pas, c'est uniquement, car je suis trop en colère pour le faire. Je suis épuisée, j'ai envie de vomir du matin au soir. J'ai envie de hurler, pleurer, je ne sais pas, quelque chose, partir en claquant la porte, respirer. J'ai des douleurs musculaires tellement j'en peux plus de supporter mon chagrin sans rien laisser paraître, je porte le poids de mes morts sans avoir la possibilité tacite de les déposer quelque part pour continuer à vivre. Je reste là, avec ma peine en bandoulière à attendre d'entre apercevoir une échappatoire, aussi minime soit-elle.

Ma vie était aussi vide et froide que l'appartement dans lequel je suis. Rien n'était accroché aux murs, aucune trace de fantaisie, d'envie, de joie ou de vie, que du blanc, du vide. Et le silence. Une femme a toqué à la porte, elle était accompagnée d'un homme immense. Elle m'a accusé d'être la maîtresse de son mari, elle pensait que je m'appelais…elle prononce mon nom mais je ne le comprends pas, comme si elle parlait dans de la ouate. Je lui ai montré ma carte d'identité, il y avait mon nom écrit dessus, je n'étais pas celle qu'elle cherchait. Je me suis empressée de regarder la carte pour savoir comment je m'appelais, mais je n'ai pas réussi à lire mon nom, comme si c'est une information que je ne devais pas posséder puisque je n'étais pas moi. Quand j'ai relevé la tête, elle était repartie, l'homme immense me regardait, comme s'il avait compris que c'est mon nom que j'essayer de déchiffrer, puis il s'est tourné et il est parti aussi. Alors que je crois refermer la porte de mon appartement je me retrouve face à une porte rouge dans un couloir gris, ma main encore posée sur la poignée ronde. Je regarde la plaque en laiton, je n'arrive toujours pas à la déchiffrer, mais je pense que si je retrouve mon nom, alors je me retrouverai.

Elle est dans une véranda en hauteur au-dessus d'un immense bassin rempli d'eau. Le sol de la véranda est constitué de matelas gonflable colorés.

Un homme dégarni se penche sur le rebord de la véranda pour laisser couler un blanc liquide de sa bouche vers l'eau en contre bas. À deux reprises (2).

Elle n'est plus un observateur dans la véranda, elle devient l'eau du bassin. Dans l'eau, un homme nage en surface, il est sur le dos, de telle manière, qu'elle, qui est devenue l'eau, peut voir le liquide blanc projeté du haut de la véranda, devenir volutes puis se rassembler pour devenir une auréole à l'arrière du crâne du nageur, et pénétrer ensuite à l'intérieur de sa tête. Ce qui provoque chez lui une clairvoyance absolue, il devient en capacité de tout voir, et tout savoir en même temps.

Il sort de l'eau et s'éloigne vers un complexe intérieur, les rues sont des couloirs et autour, au travers de murs vitrés, des appartements, un restaurant au vieux papier peint jauni, une salle à manger où tout part en lambeaux, et des boutiques. Le côté droit de la rue-couloir est couvert d'un vieux papier peint à petits motifs géométriques vert pâle, le côté gauche est recouvert du même papier peint, mais cette fois, dans des teintes rose pâle.

Elle n'est plus l'eau, elle est devenue une femme qui marche près de lui au sein d'un groupe de personnes. Ils recherchent une femme nommée Sophie. Ils se dirigent vers une sortie. Sur le trajet l'homme clairvoyant qui les conduit, indique un lieu vide, il dit que ce lieu est celui de tous les tourments des âmes égarées.

En arrivant au niveau des portes battantes qui mènent à la sortie, elle s'aperçoit que la porte, pour s'ouvrir se tire vers l'intérieur, contrairement à toutes les autres portes qui se poussent vers l'extérieur. Ce qui la surprend, c'est qu'elle le savait déjà, ce qui lui procure la certitude qu'elle est déjà venue ici.

Une fois à l'extérieur, ils cherchent parmi toutes les femmes, elles se sont toutes assises dehors pour fumer des cigarettes dans l'herbe, ils ne trouvent pas la personne «Sophie» qu'ils sont venus chercher.

Des femmes disent qu'elle a été tuée, qu'elle est morte. Quand elles parlent, apparaît l'image du visage tuméfié et ensanglanté de Sophie.

L'homme clairvoyant qu'elle accompagne, prend alors conscience qu'il niait la vérité et qu'il servait des personnes malfaisantes, il demande à une autre femme de venir à l'intérieur pour remplacer la « Sophie » perdue.

L'une d'entre elle accepte, se lève et tandis qu'ils franchissent d'autres portes pour entrer à nouveau dans le complexe, c'est moi qui deviens la nouvelle « Sophie ».

De nouveau cette porte qui s'ouvre en sens inverse, ce qui me surprend encore, parce que je savais déjà comment l'ouvrir.

Une fois à l'intérieur, j'aperçois un homme dans un bassin vide, je saute dedans pour le rejoindre. Je m'aperçois, au moment où j'y suis, qu'il est mon mari. On s'est aimé avant qu'il ne devienne un monstre malsain, il m'a fait subir le pire, ailleurs dans une autre vie, un autre temps.

Je me dis qu'il faut le tuer maintenant, je l'enjambe et à califourchon sur lui j'essaie de l'étrangler, je sers sa gorge de toutes mes forces, c'est difficile, car il est très costaud, je me dis qu'il faut tenir, que je peux y arriver, il doit absolument mourir maintenant.

Cet instant dure un temps indéfiniment long. Puis il arrive à se dégager et à me retourner, c'est désormais lui qui est au-dessus de moi, et qui enserre mon cou de ses mains.

Je me mets à pleurer et le supplie de me tuer. Ma main, posée sur sa poitrine à lui, je pleure et lui demande encore de me tuer, je l'appelle par son prénom, je lui dis vouloir rejoindre notre enfant mort. Je pleure et supplie.

Il me dit que même si je peux revenir dans mes vies, je ne dois pas vouloir mourir, car dans ma vie actuelle, j'ai deux enfants, et que je n'ai pas le droit de les abandonner pour aller rejoindre leur enfant mort.

Il arrête de serrer mon cou, je me relève et m'éloigne. Alors les murs autour de lui deviennent d'immenses vitres au travers desquelles je peux le voir, il porte un costume noir et chemise blanche, il est maintenant allongé dans l'herbe, le bébé mort se trouve près de lui, dans un costume noir et chemise blanche aussi. Une corde est attachée autour du cou du bébé, son visage est très abîmé.

Puis le temps remonte à l'envers le visage du bébé se décongestionne, il redevient vivant. À ses côtés, lui, redevient l'homme bon qu'il a été, il se met à flotter, car l'air est devenu de l'eau, il tape contre la vitre avec ses deux points, pour laisser sortir l'homme bon qui est en lui. Mais c'est trop tard, je suis en train de partir.

Je me retourne et me retrouve face à un pont de verre, je regarde ces autres qui le traversent et passent, le franchissent sans même le voir, alors que c'est insurmontable pour moi.

Je m'interroge, je me demande comment il est possible qu'ils soient en capacité de faire aussi simplement quelque chose qui pour moi, est impossible.

Je ne sais pas ce qui me fait le plus peur. La chute ? Le vide (0) ? Que personne ne pourrait m'aider ? La finité de mon existence ? La potentialité de ma disparition ? Le fait que le reste du monde continue à tourner sans moi ? Être oubliée alors que je n'ai même pas pris le temps d'exister ?

Est-ce que c'est parce que je ne crois pas en l'existence de ce pont, et que j'ai conscience que ma chute ne dépende que de ma croyance en ma capacité à traverser ?

Dans tous les cas de figure, à chaque fois que je n'arrive pas à traverser ou à chaque fois que je rate une marche, je me retrouve ici, dans ce dédale de bureau aux murs vert pâle et gris. Comme dans une partie de jeux vidéo qui recommence, à chaque fois que j'échoue à passer au niveau supérieur.

Je suis assise à une rangée de la fenêtre. Je voudrais m'en rapprocher pour voir ce qu'il y a dehors, mais je ne peux pas.

Je suis à des dizaines de rangées du bout, que ce soit devant ou derrière. Je sais qu'il y a au loin des Directeurs qui donnent des ordres à des Directrices adjointes, qui les transmettent à des Chefs, qui eux-mêmes les transmettent à des Coordinateurs, qui finissent par les transmettre à la multitude d'agents dont je fais partie.

Nous accomplissons des tâches bureaucratiques si insignifiantes qu'il n'est pas nécessaire de penser pour les exécuter. Par contre il y en a tellement qu'il est impossible d'avoir le temps d'y réfléchir.

Je me suis noyée parce que j'étais submergée
J'étais submergée parce que je n'ai pas su gérer
Je n'ai pas su gérer car je n'ai pas été à la hauteur

Je me suis retournée et j'ai ouvert une porte. En tournant la poignée, j'ai penché ma tête pour voir si je pouvais apercevoir quelque chose, et j'ai tout de suite entendu le bruit des gouttes de pluie qui tombaient sur une verrière. Je suis dans un loft, le toit est composé pour partie, d'une immense verrière, style industriel. Tout est blanc, les murs, les barres de métal, et même le parquet.

J'entends la pluie tomber lourdement sur les vitres, je regarde les gouttes ruisseler tout doucement, au hasard des circonvolutions faites par le verre.

Je peux y voir le reflet de mon corps, nu, allongé dans un grand lit blanc. Mes cheveux bruns, s'étalent sur de gros coussins moelleux, blancs, eux aussi.

Je me sens troublée par cette image un peu floue, abstraite de moi, j'ai l'impression de ne pas m'être regardée depuis si longtemps que je me reconnais à peine.

Je me trouve belle, alanguie. Je sens la caresse des draps sur ma peau, j'ai envie de sensualité, de lubricité, de chaleur.

Je me souviens parfaitement l'odeur de poussière, la lumière qui vient de la cuisine, le bruit des verres que tu as rempli de vin, je me souviens le frémissement de ma peau, à repasser dans ma tête les images de nos corps enlacés.

J'entends l'eau de la douche que tu fais couler sur toi, je sais déjà qu'après avoir fini, tu viendras me rejoindre.

Tu feras mes mains s'agripper aux draps, que je froisserai de mon corps, alors que je verrai nos reflets se mélanger et ne faire plus qu'un.

J'ai vu plusieurs fois le soleil se lever au travers de cette blanche verrière, j'ai oublié les portes et les couloirs, j'ai oublié pourquoi j'y étais.

Je ne me suis nourri que de cet univers, d'amour, de caresses et de tendresse sans lendemain. Tout était si simple et si paisible. Je n'avais pas envie de partir. C'est la lassitude de cet air cotonneux qui m'a fait me lever, entièrement nue, j'ai avancé vers la porte que j'ai ouverte, et j'ai disparu aussi simplement que j'étais apparue.

Lorsque je marchais à nouveau dans les couloirs, je me suis sentie plus légère, plus femme, c'est peut-être parce que je me suis sentie aimée, et pas seulement désirée. Je portais maintenant une robe blanche, légère. Je savais que les sous-vêtements que je portais étaient blancs eux-aussi.

Je parcours un moment les longs couloirs, drapée de cette douce sensation que je voulais continuer à ressentir encore un peu. Puis oubliant petit à petit ce que je venais de vivre, j'ai ouvert une autre porte.

Je suis dans une ville en partie détruite, elle n'est pas abandonnée, mais la plupart des constructions n'ont pas de toit, des murs éboulés bouchent l'accès à certaines rues. Brusquement, je réalise que je dois aller chercher mes enfants, ils sont loin, je ne dois pas les laisser seuls, je dois les rejoindre au plus vite. Je me mets à paniquer, car je réalise que je n'ai pas de chaussures, et je ne sais pas où est garée ma voiture. Je décide de ne pas perdre de temps à la chercher et d'aller retrouver mes enfants à pied.

J'escalade des décombres, je traverse des habitations où les gens vivent en collectivité, puis du haut d'un immeuble, j'aperçois juste en dessous un fleuve énorme, bouillonnant, boueux. Il est si puissant que je sais n'avoir aucune chance de le traverser sans me noyer. Mes enfants sont de l'autre côté. Alors que je comprends que je n'arriverai pas à les rejoindre, je me retrouve dans un couloir, avec une boule d'angoisse à la place de l'estomac et la sensation d'avoir perdu quelque chose d'essentiel, de primordial, d'avoir échoué. Mais je ne sais plus pourquoi. Ne sachant pas quoi faire j'ouvre une porte face à moi.

Alors que j'étais assise dans un grand fauteuil de cuir d'un vieux rouge délavé, je me suis demandé combien de personnes, combien d'hommes, de femmes avaient pu s'asseoir ici dans cette chambre vide d'émotions, vide de vie, à attendre que le temps passe ou que quelque chose se passe, en vain la plupart du temps, j'imagine.

J'ai regardé les deux grandes fenêtres sur ma droite, les volets de celles qui étaient le plus près de moi étaient fermés et ça m'allait bien comme ça, je me sentais plus en sécurité dans un petit coin à demi obscur où j'avais l'impression de ne pas exister. L'autre fenêtre vomit une lumière blanche qui envahit le reste de la pièce, les murs, la porte d'entrée et face à moi, le lit, ton lit. Pendant que le printemps est chaud cette année, je souffre du froid glacial de la mort imminente.

Je te rappelle à moi par nos souvenirs communs. Je me souviens tes gestes vineux qui se voulaient tendres. Je revois ta créativité aussi noyée dans l'alcool que ton foie. Je me replonge dans ses nuits que tu voulais mémorables, juste avant de rouler sous la table. Et de tout oublier, évidemment.

J'ai longtemps cherché à comprendre ce qui avait pu te pousser dans tes retranchements aussi profondément, aussi souvent. Je n'ai pas compris.

Je t'ai trouvé des excuses, un peu au début, puis plus du tout. Tes crises trop fréquentes, trop prévisibles, sont vite devenues trop ennuyantes. Même la Madone qui est en moi s'est lassée de toi.

Pourtant, je suis là aujourd'hui. Près de toi, à te veiller, te parler, en pensée tout du moins. Pourquoi ? Je ne sais pas, peut-être parce que, sans le savoir, tu m'as aidé à traverser le désert de Mojaves.

Tu étais là, de loin en loin. C'est toujours mieux que rien. Rien ni Personne.

Je m'attarde dans ce fauteuil qui n'est pas le mien. Le temps doit sûrement continuer de s'écouler à l'extérieur de cette pièce, mais je ne le vois pas, je ne le sens pas. Comme quand nous étions ensemble, tous les deux, enfermés dans ton appartement. Loin des réalités de ce monde qui me faisait tant de mal.

On avait l'impression d'être les plus grands Hommes de tous les temps. Nous deux face au reste du monde, dans une bulle d'où, ce que nous prenions pour de la joie, s'échappait par les fissures de nos névroses.

Je me souviens l'alcool, l'inconscience, le sang, les tubes.

Et nous voilà, ici et maintenant. Je ne me lève pas, pas encore. J'ai l'impression que nous n'avons pas fini de partager « Notre temps », celui qui nous était imparti.

Mes mains sont croisées sur mon ventre. Mes jambes sont croisées elles aussi. Je balance légèrement l'un de mes pieds. Je me sens tranquille, paisible. C'est si rare, même maintenant, dans la nouvelle vie que je me suis faite sans toi.

Je me dis que je devrais partir, mais je ne le fais toujours pas. J'attends. Quoi ? Je ne sais pas. Je savoure cet instant hors du temps, hors de la vie, encore une dernière fois, avec toi, loin du reste du monde.

Soudain, je pense que quelqu'un pourrait arriver et entrer dans la chambre. Une pointe d'angoisse me gagne. Je change de position. J'entends des pas dans le couloir, guettant inquiète, je me mets à lisser le tissu de ma robe. Je respire en voyant qu'il s'agit d'une très jeune femme, qui ne fait que passer. À la pâleur de son visage et aux cernes sous ses yeux, j'imagine la lourdeur de ce qu'elle porte sur son dos.

La bulle a éclaté. Elle n'existe plus. Il n'y a plus autour de moi calme et sérénité, la réalité a repris pied dans mon univers. Je suis dans une chambre d'hôpital aseptisée et tu vas mourir, là, allongé dans ce lit, face de moi.

Je me lève, j'avance vers toi, dans un espace qui se voulait vaste, mais qui ne l'est plus assez. Je pose ma main sur ton torse, je pose un baiser sur le bord de tes lèvres et surtout, je respire ton odeur, ton odeur et encore ton odeur. Si je pouvais, c'est elle que j'emporterais avec moi. Mais, il ne me restera que des souvenirs froids de toi.

Je traverse le couloir devenu extrêmement lumineux, je plisse les yeux en essayant de voir d'où provient la lumière trop forte, mais je ne vois rien, et c'est sans réfléchir que je tourne à nouveau une poignée ronde en laiton doré.

Je suis de nouveau dans une ville en partie détruite, submergée d'une angoisse terrible, je m'aperçois que mes enfants ne sont pas là, je dois absolument aller les chercher. Je me précipite dans ma voiture, une fois assise, je constate que je n'ai pas de chaussures, je me dis que ce n'est pas grave, je peux conduire sans. Ma voiture ne démarre pas. Je panique, puis je décide que je dois avoir des chaussures et j'ai des chaussures. Je décide que ma voiture doit démarrer, et elle démarre.

Je traverse une ville à l'abandon, il y a des groupes de gens qui errent, je sais que je dois me méfier alors je ferme bien les portes et les fenêtres de mon véhicule.

Je longe une rivière houleuse, l'eau est d'une couleur marron boueuse, mais elle ne déborde pas de son lit, elle ne me parait pas dangereuse, tout du moins elle ne m'effraie pas. Je descends de ma petite voiture blanche et entre dans un bâtiment en partie en ruine, traverse des pièces surpeuplées pour rejoindre un dortoir immense, il y a des enfants partout, mais pas les miens. Ils viennent de partir à l'instant, je touche les draps d'un lit superposé, ils sont encore chauds. Mes enfants étaient là, j'ai presque réussi cette fois.

Je dois me battre contre des hordes d'hommes, traverser des fleuves mugissants et des rivières rugissantes, en faisant en sorte de garder la tête hors de l'eau. Je dois à tout prix rester en vie pour retrouver mes enfants.

J'échoue pendant des années, je cours, je cherche, je m'acharne, en vain, je n'arrive pas à les rejoindre. Parfois, j'y arrive presque, je suis près d'un petit lit encore chaud, ou d'un goûter pas terminé, mais eux, ne sont plus là.

Je survole un espace entre deux portes.

Je ne me souviens pas de la première fois où elle est apparue, ça s'est fait petit à petit. Au début, juste une sensation que quelque chose se cachait sous mon lit. Puis dans les pièces noires, puis derrière chaque porte, à chaque instant dans l'angle de mon champ de vision, partout, je la voyais, je la sentais derrière moi, se faufiler et se rapprocher à chaque fois que je fermais les yeux ou tournais le dos.
Je vivais dans un tout petit appartement avec un sol gris. Les murs étaient blancs, et moi, j'avais mis de la couleur

partout avec les dessins de mes enfants. Mais mes enfants n'étaient pas toujours là. Et quand ils n'étaient pas là tout était si différent. Les couleurs joyeuses devenaient criardes, chaque jouet par terre, chaque coussin de travers, chaque livre, chaque couverture laissée sur un coin du canapé ou sur un bord de lit, chacune de ces choses qui était animée de vie, devenait après leur départ vide de sens. La vie peut s'effacer si vite dans l'inertie, l'absence et le silence. Comme un abandon.

J'avais organisé mon appartement pour ne pas avoir peur, j'avais évité les miroirs ailleurs que dans la salle de bain, pas de placard qui ferme, uniquement des étagères ouvertes, et toujours assez de luminosité, grâce à des volets qui restaient ouverts, pour ne jamais être confrontée à l'obscurité totale.

Malgré tout, elle était là, d'une sensation, elle est devenue, une ombre, puis une entité que je pouvais discerner clairement. Je ne sais pas si elle est apparue en plusieurs jours, plusieurs semaines ou plusieurs mois, si elle se consolidait après des événements particuliers, ou si sa progression de cet état presque fantasmé à réel, était une évolution normale.

Bien sûr, sa présence était plus forte lorsque j'étais seule. Elle me terrorisait, lorsqu'elle apparaissait, j'étais paralysée, mon cœur s'emballait et je me mettais à trembler de tout mon corps.

Le sien de corps était décharné, elle se tenait voûtée, sa peau était sale, de longs cheveux crasseux tombés devant son visage et sur sa poitrine dénudée. Elle portait une sorte de culotte en tissus épais qui auraient été assemblés pour cacher son intimité. Des langes souillés et crasseux eux aussi. Elle ne faisait rien d'autre que se tenir immobile près de moi. Elle me faisait tellement peur. Je connaissais son nom, alors que je ne me souvenais pas du mien.

La nuit, je ne pouvais pas m'endormir, quand j'arrivais à dormir, dans la position que je voulais, car j'avais trop peur de lui tourner le dos, je restais toujours face à elle. La luminosité de l'extérieur, à travers les fenêtres, ne suffisait plus, je laissais une lumière allumée toute la nuit, je la sentais s'approcher trop près dès que je fermais les yeux, ne serait-ce qu'un instant, alors je les gardais ouverts, en regardant les heures défiler et priant pour que l'aube apparaisse à nouveau, et que je puisse enfin m'assoupir quelques instants en toute sécurité.

Un soir d'hiver, lorsque l'obscurité est maîtresse de la saison, j'ai eu la possibilité de sortir de chez moi, j'en ai eu envie, je me suis apprêtée à le faire, mais je n'ai pas pu. Je n'ai pas pu sortir de chez moi, car par l'entrebâillement d'une porte mal fermée, qui se trouvait entre la sortie et moi, et bien dans cet entrebâillement, il y avait Sarah. Et Sarah ne voulait pas me laisser passer. Sarah ne voulait pas que je sois ailleurs pendant qu'elle restait ici à souffrir. Sarah voulait que je reste souffrir avec elle. Alors je n'ai eu d'autre choix que de m'asseoir, terrorisée, comprenant que cette nuit ferait que, d'une manière ou d'une autre, demain serait différent.

Je me suis demandée, si elle s'approche de moi, si elle me touche que se passerait-il ? je vais avoir mal. D'accord, comment peut-elle me faire mal, elle ne peut pas réellement me tuer (si ?), alors de quelle manière pourrait-elle me blesser ?
En me transmettant des émotions. Oui mais, quelles émotions ?
Celles qu'elle porte en elle.

…

Ce ne sont pas ses émotions, ce sont les miennes, celles qui sont trop lourdes à porter depuis toutes ces années et que j'ai transposées en elle. C'est moi qui l'ai créé. C'est moi qui lui inflige tant de souffrances. Parce que je n'ai pas eu la force de les porter moi-même.

Pourquoi maintenant ? Je suis déjà si faible, je tiens à peine debout en présence de mes enfants. Si je m'effondre aujourd'hui, je n'aurai pas la force de me relever, je ne peux pas me permettre de poser un genou à terre, si je le faisais, je coulerais et mes enfants aussi. Je n'ai pas le droit de flancher maintenant.

Je ressens de la compassion pour elle, je trouve maintenant qu'il est injuste qu'elle porte mes peines et qu'elle souffre parce que je suis trop lâche.
Je la laisse s'approcher, m'effleurer. Je vois défiler ce que je vais devoir affronter, les deuils, séparations, abandons, humiliations, rejets et tout le reste.

J'accepte de reprendre petit à petit, une chose après l'autre, ce qui m'appartient. Je n'y arriverai pas en une nuit, c'est évident, des années seront nécessaires, je l'accepte, elle l'accepte, nous acceptons, et je peux enfin passer la porte pour sortir de mon appartement gris, noir et en couleurs la plupart du temps, mais pas tout le temps.

Je passe sous l'arche d'un grand bâtiment en pierre de tuffeau, je suis en train de sortir. Il pleut, il fait froid. Je suis fatiguée, je ne sais pas si j'ai vraiment envie. Mais j'y vais quand même. Je ne sais pas pourquoi. Je n'ai pas d'excuses. C'est comme ça, c'est tout.

Je fais signe à un taxi, le vent qui passe sous mon manteau me glace et mes chaussures à talons me font déjà mal. J'ai très envie de me terrer sous ma couette et de regarder la télé avec mes grosses chaussettes de laine grise. Mais ce n'est pas vraiment ce qui m'attend ce soir.
Nous sommes les nourricières de leurs sens, les plus subtils comme les plus vils.
De la chair, ou plutôt des chairs, agrémentées de bijoux, voilage et parfum, n'en restant pas moins anonyme.

Je traverse un couloir, survole une porte puis une autre, et encore une autre.

Il y a bientôt une soirée, où il me semble que je dois être absolument, pour être, pour exister aux yeux des autres. Je me voyais déjà saluant mille et un invités (1001), qui seraient tellement ravis de me voir, si belle, si élégante.

J'avais passé des jours à chercher « La » robe qui serait l'écrin qui me sublimerait, et encore des jours pour trouver « Les » chaussures qui rehausseraient encore plus l'ensemble ainsi sublimé. Avec cet argent que je n'avais pas, que j'aurais pu dépenser autrement, à bon escient. Mais non, j'avais tout misé dans une robe et des chaussures, que je ne porterai qu'exceptionnellement. Aussi magnifiques, qu'inutiles et inconfortables.

Qu'est-ce que j'en espérais réellement en échange ? De la reconnaissance ? De l'admiration ? De l'amour ? C'était ridicule, complétement ridicule. Mais comment est-ce que j'aurais pu le savoir à ce moment-là ? Peut-être aurais-je dû apparaître plus tôt dans ma vie, et me dire « Ne sois pas si futile ».

En réalité, j'ai passé la soirée adossée à un mur de pierre, j'ai guetté le couloir, j'ai vu les invités déferler des escaliers. J'avais l'impression qu'ils étaient toujours plusieurs, en groupe, jamais seuls.

Il y avait beaucoup de monde autour de moi. Du monde en mouvement, qui bouge, circule, me bouscule. Je n'existe pas. Personne ne me voit. Personne n'est là pour moi.

J'ai guetté et attendu toute la soirée. Mais je n'ai pas vu d'ombres. Ni de reflets. La désillusion et la déception furent les seules amies qui m'accompagnèrent ce soir-là.

Humiliée, mal à l'aise, stupide, je me glisse dans l'entrebâillement d'une porte pensant pouvoir me cacher un instant.

J'ai entendu le bruit que faisait ma peau en se déchirant au moment où le métal pénétrait mon corps, puis le son-sensation des chairs qui se déchirent. Et la douleur, soudaine comme une violente décharge électrique dans tout le corps. Je n'ai pu retenir un cri, qui s'est mélangé à la souffrance du corps, pour finalement, ne faire plus qu'un.

Puis soudain, je ne ressentais plus rien, le temps s'était ralenti, ou plutôt l'espace-temps s'était divisé. Mon esprit était calme, j'observais la scène qui se déroulait sous mes yeux, sans y être rattachée. L'habitacle de la voiture qui se refermait sur moi, les vitres et le pare-brise en train de se pulvériser. Les sons étaient modifiés, la musique était différente, plus lente, comme si chaque note se détachait des autres, elles arrivaient l'une après l'autre, car c'était l'ordre établi au départ, mais ici et maintenant ça n'avait plus qu'un sens entropique.

Je n'avais plus aucune sensation physique, je ressentais autre chose, comme si le champ de ma conscience s'était élargi.

Il y a tellement de choses que j'aurais voulu faire, tant de chose que j'aurais voulu accomplir. Je ressens l'immense regret de ne pas avoir eu assez de temps, de ne pas en avoir assez profité. De ne pas avoir pris le temps de vivre vraiment.

Quand une nouvelle lame de métal, a transpercé ma poitrine, une immense tristesse s'est répandue en moi, comme si le coup avait fait éclater le bloc de colère protecteur, pour libérer tout ce que j'y avais enfoui dessous.

Sont remontés d'abord, la peur, la colère, le désarroi et l'incompréhension, ensuite tout s'est mélangé aux regrets, puis tout s'est estompé dans la mélancolie qui m'a éjecté hors de l'habitacle de la voiture.

Je n'arrive plus trop à respirer. Des hommes autour de moi, ils parlent vite. Moins je respire et plus ils parlent vite. Je me sens calme, si calme. J'entends leurs voix s'éloigner de moi. Je suis bien là, il n'y a plus de bruit, j'ai l'impression d'être dans du coton tout chaud, c'est rassurant.

Et alors que je suis allongé sur le bitume froid dans une mare de mon propre sang encore tiède, le corps transpercé de part en part par du verre et de l'acier, moi, j'ai dans la bouche le goût des tortellinis aux épinards, avec de la crème fraîche et un peu de ciboulette, que j'ai faites à midi.

Je me laisse partir, glisser dans les limbes de l'inconscience, je suis fatiguée, tellement fatiguée. Je n'ai plus la force ni l'envie de lutter, de me battre. Je suis si fatiguée, je voudrais que tout s'arrête maintenant. Je me laisse happer par une douce torpeur enveloppante, rassurante. Je sais que si je me bats, je peux survivre, mais je n'en ai pas envie. Je n'en ai plus envie. Je me sens enfin en sécurité.

Une seule larme s'expulse de mon œil resté ouvert, pour rouler le long de mon visage, aussi lourde, que tout ce qu'elle contient.

Derrière chacune de ces portes, se trouve des points fixes du temps, des événements auxquels je ne peux échapper, comme le tissage d'une toile d'araignée. Des points de convergence qui se croisent et s'entrecroisent à l'infini. Des points immuables auxquels se raccroche tout le reste.

Ici, tout est calme, j'entre dans un appartement, je suis dans ce qui semble être le salon. De là où je suis, je peux apercevoir un homme, assis sur une chaise de cuisine.

Je suis spectatrice cette fois, je me vois monter les escaliers à l'extérieur de l'appartement, pour rentrer rejoindre cet inconnu, dans ce chez-moi que je ne reconnais pas.
Il a trouvé les papiers qu'elle avait soigneusement cachés sous les vieux pulls dans le fond du tiroir.
Il a vu des résultats d'analyses médicales.
Il a pensé qu'elle l'avait trompé. Qu'elle était malade. Qu'elle ne voulait pas lui dire.
Il s'est assis dans la cuisine et il a attendu qu'elle rentre.
Quand la porte s'est ouverte, il a vu qu'elle avait l'air heureuse, elle souriait.
Ses lèvres entrouvertes étaient coloriées du rouge qu'il lui avait offert.
Avec les idées qu'il s'était faites, il a juste eu envie de l'étrangler pour qu'elle cesse d'avoir l'air si belle.
Il s'est contenté de se lever et de hurler. De tenir des propos plus ou moins cohérents.

Il a vu son sourire s'effacer et son regard s'éteindre.

Quand la salive a commencé à lui manquer, il a arrêté de crier.

Il est resté là, un moment, à la regarder et à entendre. Entendre ces mots à elle.

Entendre des mots si lourds, que chacun d'entre eux devait s'appuyer sur ses lèvres colorées, avant de pouvoir tomber sur lui.

Leurs poids l'ont écrasé si fort qu'il a dû se rasseoir pour ne pas flancher. Il a tenu sa tête entre ses mains pour qu'elle ne vole pas en éclats.

Il a eu mal à la gorge de retenir trop fort ses sanglots.

Il s'est dit qu'il faudrait qu'il se relève. La serre dans ses bras.

Colle sa bouche contre la sienne jusqu'à effacer le rouge.

Mais il n'a pas eu la force de se retourner quand elle a claqué la porte.

Je me suis effacé tout doucement pour réapparaître ailleurs.

Mon corps se réchauffe et sèche paisiblement sur un ponton de bois. Je me sens apaisée et calme. Je me redresse sur mes coudes et regarde autour de moi. Il y a des pontons de bois disposés de manière perpendiculaire, les uns aux autres, ils surplombent une eau de couleur vert clair. Des fleurs roses et des blanches, flottent partout sur l'onde calme.

Un peu plus loin, des femmes vêtues de tunique blanches circulent sur les pontons, l'une d'elle s'approche de moi à une vitesse supersonique. Elle me parle dans une langue que je ne connais pas, mais que je comprends.

Elle me tend la main pour m'aider à me relever. Quand je suis à sa hauteur, elle m'invite à la suivre tout en m'expliquant les bienfaits des fleurs.

Elle m'entraîne vers une immense bâtisse verte et blanche, nous entrons et évoluons à l'intérieur dans des couloirs étroits. Tous les murs sont d'un vert très clair.

Tout est si calme, joli, rassurant et si apaisant.

Nous arrivons dans une immense pièce, le sol est ouvert sur trois bassins triangulaires, tout trois emplis d'une eau lumineuse, toujours dans cette teinte vert clair. Ici aussi, des fleurs flottent sur les eaux. (3^2).

Trois autres femmes apparaissent dans l'embrasure de la porte. J'ai la sensation de sentir leur calme. Je vois que l'on échange sans se parler, comme si se regarder suffisait à se comprendre. $(\sqrt{9})$.

Elles m'invitent à me déshabiller et à descendre dans l'un des bassins. Je me glisse doucement dans l'eau qui est douce et chaude, j'avance jusqu'au milieu du bassin, elles se déshabillent à leur tour et me rejoignent. Elles m'entourent et versent délicatement de l'eau sur mes épaules. L'eau coule doucement le long de mon dos, sur ma poitrine et mon ventre.

Elles ont des rires cristallins, elles sont jolies, leurs cheveux légers collent sur leurs peaux mouillées. Nous avons de l'eau jusqu'à la taille, je sens la douce pression de leurs corps contre le mien.

Je suis restée près d'elles, parmi elles, pendant des années. J'ai appris les plantes et la libre-pensée partagée, l'enseignement des corps apaisés et des âmes calmes, j'ai appris à défier les lois de la nature que je connaissais pour me déplacer à une vitesse proche de celle du son.

J'ai appris le partage sain, la réciprocité naturelle et la générosité charnelle, l'équilibre dans les partages, des fleurs, des corps, des âmes, dans cet élément magique qu'est l'eau.

J'ai fini par oublier d'où je venais, j'avais acquis une perception spirituelle si élevée que j'étais au-delà de la notion d'univers, d'espace ou de temps, la pureté dans le calme, la douceur et le partage.

Puis le jour est venu où j'ai senti que j'étais prête à franchir un nouveau cycle.

Je me suis alors immergée profondément dans l'un des bassins. Posés sur le sol, près d'une porte, il y avait trois coquillages noirs (3), je les ai placés dans l'ordre qui permettait d'ouvrir la porte, lorsqu'elle s'est ouverte l'eau s'y est engouffrée et moi avec.

Je me reconnais en chacune de ces autres. Je revis des souvenirs qui m'appartiennent, et je vis aussi des événements qui me sont inconnus, mais que je reconnais, comme si ces autres et moi, nous étions la même personne dans des univers différents.

Je me suis laissée engloutir par la porte rouge face à moi.

À peine entrée sous le couvert des arbres, elle se sentit écrasée par l'obscurité, à tel point qu'elle eut la sensation de sentir des fourmillements sombres la parcourir jusqu'à recouvrir son champ visuel. Continuant d'avancer, elle frotta ses yeux et quand elle laissa glisser sa main à nouveau le long de son corps, tout avait changé. Sa perception était différente, les ombres étaient plus denses, le froid plus pénétrant et le silence plus tranchant.

Petit à petit, elle perçut les ombres qui commençaient à se mouvoir, puis très rapidement tout a basculé, elle a d'abord vu son père en partie englouti dans une flaque de boue noire, n'en dépassait qu'une partie de son buste, et sa tête, il tendait une main vers elle, pleurant, il répétait sans cesse « Ne pars pas, tu ne te rends pas compte de ce que tu me fais…Tu ne te rends pas compte de ce que tu me fais ». Elle sentit son cœur se serrer, et alors qu'elle commençait à se réciter, « Ce n'est pas réel. Ce n'est pas réel. Ces images n'appartiennent pas à cette réalité et ne peuvent donc pas m'atteindre. Ce n'est pas… » Elle entendit un enfant se mettre à pleurer, elle reconnut son fils, il avait environ un an. Il était seul au milieu d'arbres brûlés. Il pleurait à chaudes larmes, une main près de sa bouche, il mordillait ses doigts par moments. Il hurlait, il pleurait, elle l'entendait entre deux hoquets appeler « Maman…Maman ».

Elle sentit son cœur se briser, et se mit à réciter encore plus fort en elle, « Ce n'est pas réel. Ces images n'existent pas. Ce sont mes peurs qui se matérialisent. Tout ça n'existe pas. Ce sont mes peurs qui se matérialisent. Elles ne sont pas réelles. »

En regardant droit devant elle, elle aperçut une porte de lumière faite par la courbure des arbres. De l'autre côté, il faisait jour, de l'autre côté, ce serait fini, de l'autre côté, il n'y aurait plus de démons.

Elle se força à avancer lorsqu'elle entendit les cris poussés par sa fille, qu'elle voyait adolescente et entourée de plusieurs hommes, mal intentionnés, elle sentit son cœur exploser, mais continua de réciter ses phrases qui devenaient un mantra. Elle décida de se concentrer sur ses pas, mais plus elle regardait ses pieds plus elle avait la sensation de s'enfoncer dans la terre.

Soudain, des araignées sont apparues par milliers, elles sortaient directement du sol, et se sont mises à grimper sur ses jambes. Alors elle releva la tête et ne regarda plus que devant elle. La porte. La lumière.

Avant de passer de l'obscurité à la lumière elle s'aperçut, enfant, une petite fille figée de terreur, muette de peur au milieu de tous ses démons, elle eut le temps d'apercevoir sa mère, dansant près d'eux, avant de franchir la lisière-seuil de la forêt-porte.

Une fois à l'extérieur, elle prit une grande bouffée d'air. Elle eut à peine le temps de s'appuyer à un arbre. Elle resta un moment à genoux, essayant de reprendre son souffle et pleurant, tout à la fois.

Elle aperçut un ruisseau d'eau clair qui coulait vers l'est. Titubant elle s'y dirigea, pris le temps de s'asseoir, d'enlever ses chaussures, ses chaussettes, puis plongea ses pieds nus dans l'eau.

Le soulagement qu'elle en ressenti était immense. De loin elle sentait sa présence, à lui, cet homme qui l'accompagnait, elle avait l'impression de le connaître, de le reconnaître, mais sans plus se souvenir exactement.

Sans plus y penser, elle se laissa glisser à genoux dans le ruisseau. L'eau était si fraîche et si pure. Elle s'y allongea entièrement, son corps d'abord puis elle immergea jusqu'à son visage. Tournée vers l'est, dans le sens du courant. L'eau ne passait pas seulement sur son corps, mais aussi par son esprit qu'elle nettoyait, entourant son cœur qu'elle purifiait, l'eau coulait partout en elle, autour d'elle. Elle resta comme ça un temps certain. Puis se releva et ressortie de l'eau. L'homme, un peu en retrait, l'observait sans mot dire.

Elle prit le temps d'essuyer ses pieds avant de remettre ses chaussettes puis ses chaussures. Quand elle se releva et qu'elle recommença à marcher, elle savait que plus rien ne serait comme avant. Elle s'est approchée de moi et m'a traversé comme un hologramme. J'ai senti la pureté de l'eau fraîche passer en moi. Quand je me suis retournée, elle n'était plus là, la forêt avait disparu, il ne restait qu'une porte rouge. Je l'ouvre.

Je me vois dans un puits-grotte avec des circonvolutions le long de la paroi.

Au fond, les ténèbres, je remonte vers la lumière en longeant l'interstice étroit qui remonte vers le haut. La roche est de plus en plus claire.

Parfois, je glisse et retombe dans le fond où les tourments m'assaillent de nouveau. Je sais maintenant que ce n'est que temporaire. Que je remonterai à un moment ou à un autre. Mais ça n'empêche pas la douleur des plaies qui s'ouvrent, et se rouvrent encore trop profondément.

Je suis dans le noir, tout au fond d'un gouffre. La seule chose qui m'entoure est une violente tempête d'aiguilles glaciales qui me transpercent sans cesse. Entre les aiguilles, j'entraperçois les démons qui me hantent, sans corps, sans visage.

Encore un gouffre, encore une tempête. Ma vie n'est donc faite que de ça ?

Pendant longtemps, j'ai subi ces tempêtes, persuadée

que j'en étais victime. À chaque fois que j'étais au cœur de l'une d'entre elles, je me faisais littéralement broyer, anéantir, implorant une aide extérieure, espérant être secourue, sauvée par autre chose que moi. À chaque fois, j'en ressortais brisée, anéantie. Seule.

Pensant me relever, je ne faisais que ramper pour fuir ailleurs, persuadée d'avoir réussi à m'en sortir, je ne faisais qu'aller reproduire plus loin, ce à quoi je pensais avoir échappé. Je me retrouvais toujours dans une situation qui me renvoyait à une autre et encore une autre avant elle.

Si je fermais les yeux, je pouvais voir au fond de moi que je faisais en sorte de construire un environnement qui me pousserait de nouveau au fond d'un gouffre.

Alors bien sûr, je prenais soin de ne pas fermer les yeux pour ne pas me voir nager comme un poisson dans l'eau, au sein de ces univers toxiques.

Pendant très longtemps, je ne pouvais pas me voir, je me trouvais trop lâche et pathétique. Alors, je détournais le regard. J'avais mille et une alternatives pour m'éviter, ne pas me rencontrer. (1001).

En tournant la poignée de laiton d'une porte rouge, je me suis retrouvée dans une ville chaotique entourée d'une eau boueuse et tumultueuse. Je connais ces lieux, j'y suis déjà venue. La peur au ventre, je panique, car je sais que mes enfants sont en danger, je dois les retrouver, mais je ne sais pas où est-ce qu'ils sont. Je me dirige vers une construction de bois, à l'intérieur des lits de bambous sont disposé comme dans un dortoir, plusieurs personnes vivent ici, je ne me sens pas en danger. Il n'y a pas de murs, seulement un toit de bois (1).

Il me faut attendre que la nuit passe pour continuer mon périple. Je m'y oblige, alors que je ne souhaite qu'une chose, c'est me précipiter pour rejoindre mes enfants. J'ai la sensation de perdre du temps, je me sens coincée. Je m'assois sur un lit (1) en attendant que le temps passe. Face à moi, il y a un cours d'eau, l'eau y est claire et tranquille. Je me lève, j'entre dans l'eau, elle est peu profonde, je ne tombe pas, je ne me fais pas emporter et je ne me noie pas.

Il y a une course qui est organisée, je décide d'y participer. C'est une course dans l'eau, il faut partir de l'endroit où je me trouve, à un point d'arrivée, marqué par un filet orange, qui n'est qu'à quelques mètres. Je démarre, c'est une course qui est extrêmement facile pour moi. J'atteins très rapidement le filet d'arrivée et enclenche un salto avant pour le dépasser, et alors que je suis déjà en rotation en l'air, à l'intérieur de ma tête une voix a dit : « Tu ne sais pas faire les saltos ».

J'ai alors complétement arrêté. Mes pieds à peine posés au sol, j'ai compris que je me bloquais moi-même. En permanence. Quoi que j'entame, quoi que je fasse, je me mets des barrières et des blocages systématiques.

Je reprends mon périple à la recherche de mes enfants, cette fois, des toits apparaissent sur les constructions que je dépasse, je peux enfin apercevoir mes enfants au loin, je me rapproche de plus en plus. Je dois malgré tout recommencer encore un nombre incalculable de fois la traversée du chaos, avant de pouvoir enfin les retrouver.

Au fur et à mesure, des murs apparaissent protégeant des lieux de vie, les toits deviennent permanents, les eaux s'apaisent. Un jour j'y arrive enfin, je peux les retrouver et les emmener avec moi. Je les ramène à la maison, chez nous, quel que soit le lieu, on y est ensemble, et je peux enfin fermer les portes à clée.

C'est en fermant la porte à clée d'un appartement où nous vivons, que je referme en fait une porte rouge, et je suis de nouveau dans le couloir gris.

Je me sens moins inquiète, pas encore rassurée, mais plus forte. J'ai enfin pu retrouver mes enfants et les éloigner du danger qui les menaçait.

J'avance au hasard et sans savoir pourquoi je choisis d'ouvrir une autre porte sur ma gauche.

Nous étions dans mon appartement, deux des murs de la pièce principale étaient des baies vitrées, il pleuvait à l'intérieur et je pouvais sentir le vent dans mes cheveux. J'étais agenouillée par terre, j'essayais de débloquer des pièces métalliques entravées les unes dans les autres. Tu es apparu debout devant moi, je n'ai pas vu tout de suite que tu me portais attention, puis tu as tendu tes mains vers moi, je me suis relevée et mes mains rejoignant les tiennes, nous avons dansé une très lente valse. J'ai pu glisser ma main dans ton dos et me blottir contre toi, tu m'as encerclée de tes bras, et nous sommes restés très longtemps enlacés, à se serrer l'un contre l'autre.

Je reconnais presque ton odeur, je me souviens la texture de ta peau. Tu es un des éléments de la composition de mon univers, mais tu n'y existes pas encore.

5

Je marchais sous une pluie battante. Le jour était sombre, le chemin sur lequel nous marchions était boueux. Je ne faisais même plus l'effort d'éviter les flaques, mes bottes étaient trempées ainsi que mes pieds. Mes vêtements aussi d'ailleurs, tout comme ceux de ces autres qui marchaient à mes côtés. Le poids des armes que je portais dans mon dos provoquait des douleurs dans mes épaules, malgré les morceaux de tissus que j'avais pris soin d'enrouler autour des sangles.

Nous marchions depuis plusieurs heures déjà, notre route était longue, nous n'étions pas près d'arriver, il nous fallait marcher encore longtemps dans ces conditions.

Nous nous apprêtions à traverser une forêt, lorsque je relevais la tête, je le vis sur le côté. Il se tenait droit et me regardait. Le paysage autour de lui était différent, il se trouvait dans quelque chose qui ressemblait à une rue, je ne reconnaissais pas ce lieu tout en ayant l'impression de le connaître. Je fis un pas dans sa direction pour le rejoindre, son paysage s'agrandit autour de moi de telle manière que je me retrouvais dans cette rue avec lui, la pluie continuait de tomber de la même manière, mais les vibrations qui en découlaient étaient différentes. Lorsque je me tournais de nouveau vers ceux près de qui je marchais, ils étaient maintenant dans la rue eux aussi, mais leur rue se prolongeait en forêt, ils continuaient à avancer sans rien remarquer.

Au moment où je saisis sa main à lui, je me souvins de son prénom et alors que je le prononçais à haute voix, je savais que je laissais mes comparses aller vers quelque chose que je ne pourrais pas accomplir avec eux. J'en ressentis un très grand regret. Et ne m'en accrochais que plus fermement à lui. Je fis glisser ma capuche sur mes épaules, la matière de mes vêtements était différente, mes bottes étaient mouillées, mais pas mes pieds. Je ne portais plus aucune arme. Ma main n'agrippait plus sa main à lui, mais la poignée d'une porte rouge. J'étais à l'intérieur, dans un couloir.

Les images et les sensations du groupe de personnes avec qui je marchais sous la pluie sont restées tellement prégnantes, que je ressentais encore le lien qui nous unissait. Je crois me rappeler que nous étions 8 (∞). Nous allions vers quelque chose d'important, de primordial. Mais quelque chose que nous savions perdu d'avance, un combat dont aucun d'entre nous ne rechaperait, et malgré tout, nous y allions ensemble, chacun ayant choisi de suivre le chemin qui lui paraissait juste. Préférant mourir que de renoncer et de se soumettre. J'ai voulu rouvrir la porte pour retourner les rejoindre, mais elle restait fermée. J'ai frappé, poussé, crié. En vain. Je les avais perdus. Eux et son prénom à lui aussi. Ne me souvenant plus de ce que je faisais au milieu de ce couloir, j'ai ouvert une porte sur ma gauche.

-      « Vous êtes sûr que vous ne voulez pas de thé ? »
-      « Un thé ? Vous avez du thé ? »
-      « Fait avec les moyens du bord bien sûr, mais oui j'ai du thé, permettez que je vous en offre un (1) ? »
-      « Heu oui avec plaisir…Du thé ».

Je souriais comme si c'était un merveilleux moment de

ma vie où tout va bien, tout en couleurs douces, j'avais l'impression d'être dans une aquarelle avec des fleurs partout, de la lumière et de la douceur. J'ai même cru entendre le piaillement de tout petits oiseaux. Un court instant, qui n'a pas duré suffisamment.

Je me suis assise dans le vieux fauteuil marron et poussiéreux qui se trouvait à ma droite, j'ai toussé un peu à cause de la poussière, puis j'ai regardé dans la pénombre qui composait nos jours maintenant, j'ai regardé les étagères chargées de livres, les piles de journaux alentour, les bibelots devenus obsolètes.

Après m'avoir apporté une tasse en porcelaine joliment décorée et ampli d'un liquide foncé, il s'est assis en face de moi, dans un fauteuil tout aussi poussiéreux que celui où je me trouvais. Il est resté silencieux un moment à m'observer en sirotant son thé.

Alors qu'il ramenait sa tasse pour la déposer dans la soucoupe, son bras s'est immobilisé en chemin, son visage est devenu complétement figé un bref instant avant de se modifier étrangement, d'abord un rictus s'est formé sur ses lèvres, ses sourcils se sont affinés et ses joues se sont enfoncées. Sa peau s'est lissée, de petites taches de rousseur sont apparues sur son nez, ses yeux se sont noircis. Les changements se sont arrêtés pour laisser apparaître mon visage, en lieu et place de celui de mon hôte. Sa bouche, ma bouche, s'est ouverte, et il / je a commencé à parler avec un mélange de ce qui semblait être plusieurs voix :

« T'es là, dans une situation de misère, tu en souffres un peu, tu te détestes beaucoup, t'en veux à tous ceux qui réussissent. Mais toi, tu fais quoi pour t'en sortir ? Rien ! Tu ne te bats pas, tu ne t'obliges à rien, mais tu prends beaucoup de pauses pour t'auto-récompenser de tes non-efforts. Si tu l'avais cette vie confortable, saine et équilibrée, il y a tellement de choses que tu ne pourrais plus te permettre, alors le confort d'accord, facile, mais pour le reste, il faudrait d'abord que tu commences par être saine et équilibrée toi-même ».

Son / mon ton était dur.

« Et quand bien même on te servirait tout ça sur un plateau, tu serais capable de tout foutre en l'air. C'est vrai, si tu avais tout, de quoi tu pourrais te plaindre ? Sur quoi tu pourrais pleurer ? De quoi tu pourrais te vanter ? Tu n'aurais plus la possibilité de te pavaner dans le drame ou de te révéler dans l'adversité ! Est-ce que tu sais au moins comment on fait pour vivre autrement ?! Au lieu de passer ton temps à te foutre et te refoutre dans les emmerdes ?

T'en as pas marre de vivre toujours la même chose ? De toujours manger la même merde ?! T'attends quoi pour te bouger ? ».

Sa / ma bouche s'est refermée, et alors que je restais figée à m'observer redevenir lui, son bras a continué son trajet jusqu'à sa destination initiale, la soucoupe, pour y déposer délicatement la tasse. Il m'a fait un petit sourire, auquel j'ai essayé de répondre autant que possible, la stupeur et l'incrédulité sûrement encore inscrites sur mon visage.

« Je suis un miroir »

« Pardon ? » Sur le coup, malgré que j'avais bien entendu, je n'ai pas compris ce qu'il voulait dire.

« Je suis un miroir. Je préfère vous prévenir au cas où il se passerait quelque chose qui pourrait vous paraître étrange, d'autant plus que vous savez écouter les choses qui ont l'air plus petites que vous. »

J'ai certainement répondu une politesse, avant de m'empresser de finir mon thé et de partir. J'ai marché sur le tapis poussiéreux qui m'avait conduit de la porte au fauteuil, puis avant d'arriver dans le petit vestibule, je me suis tournée pour dire au revoir avant de disparaître.

Je suis passée directement de cette porte à celle d'en face, sans prendre le temps de réfléchir, sans prendre le temps de me poser les bonnes questions, ni même de m'imposer les bonnes décisions.

Je suis assise, à demi engloutie par l'eau boueuse d'un marécage. L'odeur n'est pas insupportable, tout au plus légèrement désagréable par moment. Ce qui m'ensevelit est gluant, chaud et rassurant.

Sur les berges qui m'entourent, je peux voir mes rêves, mes idées et mes projets qui attendent simplement que je me lève et marche vers eux pour les réaliser. Quelques-uns ne sont encore que des ébauches, qui peut être deviendront des intentions, se concrétiserons. Ou pas.

Avec le temps qui passe, certains disparaissent, d'autres évoluent, se modifient voire se transforment totalement. D'autres restent intacts, je les vois perdurer à travers les années.

Je me fustige de trouver agréable cette latente et néanmoins omnipotente inertie. Pour autant, je ne bouge pas, je ne me lève pas, je ne réagis pas.

De là où je suis, je peux voir le temps qui passe, autant sous mes yeux que sur ma vie. Je le vois défiler, tourbillonner et s'envoler, chargé de certains rêves et projets, parfois, il emporte avec lui des envies et des espoirs, et d'autres fois, ce sont des douleurs, qui dans ses tourbillons s'évaporent.

Ce temps qui passe, je le sens caressant, lorsqu'il vient effleurer mon visage, il laisse de petites marques autour de mes yeux, de ma bouche, mon front commence à porter ses traces aussi. Mes mains, mon cou et tout mon corps suivront, marqués par son indéniable étreinte.

J'ai tellement de choses contre lesquelles je dois lutter à l'intérieur de moi, que parfois je n'ai plus ni l'envie ni la force d'avancer. Alors je stagne, je végète avec mille et une vies dans ma tête, mais loin de la réalité, de la vraie vie qui m'étouffe.

Un jour, alors que je n'aurai plus la force de me lever, car la fatigue m'aura trop usée, je me demanderai pourquoi je n'ai pas profité de la vie, du soleil et des autres pendant que j'en avais encore la possibilité.

Derrière la porte que je franchis, d'immenses poteaux soutiennent un voile de protection, comme des cieux de crépine. Un rempart joli aux particules solaires.

Les humains évoluent normalement, enfin au sens où je le comprends, ils ont une boussole dans la poitrine, pour les guider, leur indiquer le bon chemin.

Puis à un moment de leur vie, ils tombent à genoux, restent dans cette posture un long moment, la tête ballante, le regard vide, complétement amorphe. Jusqu'à ce qu'un serpent vienne se lover près d'eux.

Lorsqu'ils sont près alors ils ingurgitent le serpent par la bouche, entièrement, puis régurgitent un être visqueux et gluant, qui devient leur animal totem, et qui les accompagnera jusqu'au bout de leur vie.

Ils peuvent se relever, rassurés, se sachant maintenant protégés.

Dans l'univers suivant, je les vois tous penchés au-dessus de moi, m'encerclant comme des tubes de bonbons géants qui me disent que je dois entrer dans une boîte, que je dois m'intégrer au groupe et pour m'intégrer, je dois rentrer dans une case, je dois choisir maintenant.

Mais je ne sais laquelle de leurs étiquettes, je dois me coller sur le front.

Je leur dis que ce n'est pas possible, mais ils ne veulent rien savoir, « C'est obligatoire ! Il faut choisir et entrer dans une boîte pour intégrer le groupe !! ».

Je te vois te frayer un chemin parmi eux pour me rejoindre. Pleine d'espoir, je t'entends me dire que ce n'est pas possible, que c'est trop compliqué pour toi, car tu n'arrives pas à me mettre dans une case, aucune ne correspond.

Je me suis sentie profondément triste d'être rejetée par toi pour ce que j'étais. Je regarde autour de moi et j'y vois des masses avec des fonctionnements et une culture commune, comme si chacun était classifiable.

Une masse informe d'individualité qui n'est finalement

que le copier-coller d'une autre masse informe d'individualités. Fade, insipide, vide de sens. Qui s'évertue à répéter les mêmes phrases, les mêmes maux, les non-dits sont identiques, tout comme les besoins et les désirs. Vide de sens. Insipide.

Je me suis tournée et je suis partie. Après seulement quelques pas, je t'ai entendu crier au loin, cette fois, tu disais que je ne devais pas partir, que tu avais compris, en fait si je ne rentrais dans aucune case, c'est parce que je pouvais les remplir toutes à la fois. Je ne me suis pas retournée, j'ai continué à avancer malgré tes sanglots et tes supplications. J'ouvre une porte rouge, qui me fait traverser un couloir gris, la porte en face est grande ouverte, je m'y glisse.

Je suis dans un couloir vide aux murs d'un blanc immaculé.

Alors que je faisais glisser mes pieds sur le parquet clair, j'ai vu au loin sur ma droite le cadre d'un tableau, un cadre en bois, doré avec des gravures, des miniatures et autres sculptures sur le pourtour. Je n'ai pas accéléré le pas, mais j'ai senti mon cœur battre plus vite.

Une fois arrivée devant, j'ai levé la tête, et me suis sentie subjuguée devant la splendeur de ce que je voyais. Une toile emplie de couleurs vives et douces à la fois, de magnifiques paysages, des maisons, un village et surtout des humains, qui souriaient, dansaient, se parlaient. Le tout baigné dans une lumière si saine, si apaisante et si belle. Je me suis demandée comment faire pour être comme eux, j'avais, moi aussi envie de vivre avec eux, pour rire, partager, être heureuse, être intégrée au sein d'une communauté. Je les regardais en imaginant la chance de ne pas se sentir seule, abandonnée, loin de tous dans les moments difficiles. J'imaginais le soutien qu'ils pouvaient se portaient les uns aux autres. Puis les joies partagées, les fêtes de sourires, les mains qui se tiennent et se soutiennent. Je parvenais presque à entendre leurs rires dans la lumière.

Puis, à force de rester plantée là, à les observer, j'ai fini par sentir les couleurs me gagner, petit à petit. Le bleu d'abord, puis le jaune et l'orange.

La lumière m'auréolait, je me sentais bien, et pourtant, je restais toujours à l'extérieur de la toile, je me sentais comme les gens que je voyais, mais je ne savais pas encore comment faire pour devenir « Parmi eux ».

C'est alors qu'un homme est apparu sur le bord du tableau, il m'a regardé mi- tendrement, mi- amusé, ses yeux verts et jaunes pétillaient d'étoiles blanches lumineuses.

Il s'est penché et a doucement tendu sa main vers moi, au contact de ses doigts, j'ai vu mes bras se recouvrir de mélanges de couleurs, elles étaient chaudes, épaisses, remontaient vers mon visage tout en recouvrant le reste de mon corps.

Finalement, j'y suis arrivée, j'étais dans le tableau, j'étais en couleurs comme les autres. Au milieu du village, baigné de la lumière matinale du soleil qui se lève.

Les volets, puis les fenêtres ont commencé à s'ouvrir, chacun me regardant de loin, certains bienveillants, d'autre méfiants.

Je souriais, je me sentais légère, sereine et bienveillante. La présence de l'homme près de moi me rassurait, sa main me paraissait ferme et douce à la fois. J'ai encore regardé ses yeux qui brillaient quand il me regardait, puis nous avons avancé, ensemble, vers le centre du village. Les gens se sont approchés, quelques-uns au début, une sœur, une mère, un ami.

Puis très vite, tout le monde a été là, nous entourant, nous souriant, nous sollicitant de mille et une (1001) questions : comment avions nous fait pour nous voir ? Comment avait-il été possible de nous rejoindre ? De nouveaux voisins et amis sont apparus.

La vie dans le tableau était toujours colorée, paisible et souvent gaiement animée.

J'avais conscience de ma chance d'être enfin parmi eux

dans ce pays de couleurs et de lumière, pourtant parfois, je voyais des parties qui s'obscurcissaient, voire qui devenaient complètement noires.

Je m'en voulais, je pensais que c'est parce que je me souvenais encore de ce temps passé seule dans le couloir a erré comme une âme en peine.

Je me disais que c'étaient mes souffrances passées qui venaient ternir le beau tableau d'aujourd'hui, que c'est ma vision à moi qui était erronée, parce que je n'avais pas appris à voir la vie en couleurs, tout simplement.

Mais en fait, au fil du temps les jolis mots ont commencé à disparaître, les sourires étaient bien moins fréquents, j'ai même vu des rires devenir sarcastiques.

Une nouvelle couleur est apparue dans le tableau, elle était terriblement terne, c'était la lassitude, puis avec elle, est venue la couleur du regret, ont suivi l'éloignement, et l'amertume aussi.

Puis un jour, lors d'un repas qui, comme les autres se voulait joyeux et convivial, j'ai compris que, quoi que je fasse, je ne serai finalement jamais comme eux, et que les belles couleurs n'étaient pas si belles ou alors elles s'étaient ternies avec le temps.

En regardant mieux j'ai vu la peinture du tableau s'effriter au fur et à mesure que les rires sonnaient faux.

Je m'en suis voulu, je me suis fait croire que c'est moi qui étais incapable de me satisfaire d'une vie, quelle qu'elle soit.

Puis, je me suis fait croire que c'était lui, celui qui m'avait fait entrer ici, la source de toute cette couleur contrariante. Je lui ai reproché mille et une chose dont il n'avait même pas idée (1001).

Ensuite, progressivement, doucement, mais néanmoins chaque jour un peu plus, je me suis ternie. Au début, Il restait près de moi malgré tout, pour que ses couleurs m'atteignent, pour que sa lumière me réchauffe et sa présence me réjouisse. Mais je ne me montrais pas réceptive, ni conciliante. Tout en ayant conscience que ce n'était pas la meilleure solution, je ne pouvais m'en empêcher.

Je restais recroquevillée sous une peinture grise qui s'écaillait, alors infailliblement, et avec beaucoup de regrets, je l'ai vu s'éloigner progressivement et se mélanger de nouveaux aux couleurs chaudes de la vie. Il me semble avoir vu des larmes bleues et blanches couler sur ses joues la dernière fois qu'il s'est retourné. J'ai vu le village s'éloigner dans une perspective qui s'allongeait infiniment.

J'ai eu la sensation qu'en prenant mes distances, je leur rendais leur vie d'avant, joyeuse colorée et lumineuse. Aujourd'hui encore, je ne sais pas si c'est le cas ou si finalement, c'est eux qui se mentaient à eux-mêmes.

D'une certaine manière, je les envie. J'envie leur capacité outrancière à se fourvoyer dans autant de couleurs différentes, ce pouvoir de créer une vision si loin du réel. Je les envie et je les plains à la fois.

Je marchais dans les couloirs sans faire attention où je me dirigeais, ça n'avait de toute façon aucune importance, j'étais seule ici, là-bas, ailleurs, n'importe où, j'étais toujours seule. Alors que j'essuyais mes larmes du revers de ma manche gauche, j'ai ouvert une porte sur ma droite

Quand je suis arrivée au check-point avec les enfants, j'ai vu que c'est Sophie qui était à l'accueil. Elle m'a reconnu, nous étions à l'école ensemble. En discutant, elle s'est trompée et m'a donné plusieurs des pièces qui permettaient de passer de l'autre côté. J'ai pensé tout de suite que c'était l'occasion, le moment, c'était maintenant. On avait plus de trois pièces, ce qui voulait dire que nous n'étions plus obligés de revenir. Elle m'a regardé, elle a compris qu'elle s'était trompée. Elle a eu l'air contrariée, mais n'a rien indiqué dans les registres. Je suis partie, j'ai attrapé chacun de mes enfants par une main et on est passé.

On est sorti sur une journée ensoleillée, dans un espace

qui ressemblait à un camping, avec des chalets en bois, on marchait le plus vite possible, mais pas trop pour éviter de se faire remarquer. J'ai vu une femme derrière nous, elle était en train de nous chercher. J'ai poussé les enfants pour que l'on puisse se cacher sous les escaliers en bois qui montaient vers la terrasse d'un chalet. Un chat roux et blanc est venu s'allonger à côté des escaliers. Il nous fixait. J'imagine que l'on devait être chez lui. Je me suis dit « Merde il va nous faire repérer ». Surtout que les escaliers étaient ajourés, il suffisait que la femme qui nous suivait tourne la tête vers nous pour nous voir. Elle était petite, fine, ses cheveux étaient châtains, coupés aux épaules, légèrement bouclés. Elle portait déjà un short blanc et un tee-shirt blanc, comme si elle savait déjà où on allait atterrir. Elle était en conversation téléphonique. Elle est passée devant nous sans même tourner la tête ou voir le chat. Je l'ai vue continuer à avancer sur le petit chemin gravillonné, je me suis dit « C'est bon, elle ne nous a pas vu ».

Alors qu'elle continuait à avancer, derrière la palissade, j'ai vu un gros chien noir venir vers elle, elle a dû avoir peur, car elle a fait demi-tour et est revenue dans notre direction en criant, son téléphone portable à la main.

J'ai attrapé les enfants et nous avons courus, courus, au fur et à mesure que l'on avançait les chalets en bois sont devenus des bungalows en plastique, bien moins beaux et bien moins entretenus.

Arrivé à un embranchement, j'ai fait bifurquer les enfants sur la gauche. On s'est jeté sous un buisson au pied d'un arbre. Je voyais bien que nous n'étions pas très bien cachés, mais dans la précipitation, je nous avais dirigé ici.

Deux énormes 4x4 noirs sont arrivés, des hommes chauves, habillés en noir se sont déployés autour. Encore une fois, j'ai attrapé les enfants, je leur donnais une main à chacun, j'étais positionnée au centre. Je me suis dit que ça n'allait pas être facile de courir comme ça. J'ai dû sentir le danger approcher, car cette fois, alors que je courais, j'ai crié.

Après les bungalows, il y avait un marché, j'appelais à l'aide, tout en ayant conscience que personne ne nous aiderait. Les gens qui vivaient ici étaient sûrement habitués à ce genre de scène.

L'allée du marché dans laquelle nous nous trouvions se rétrécissait pour se terminer par une porte, sur laquelle on s'est précipité.

À peine le pas de la porte franchi, nous nous sommes retrouvés au sommet d'un immense escalier en colimaçon, gris fait de béton armé qui s'enfonçait dans les profondeurs. J'ai fait passer les enfants devant, je voulais qu'ils puissent continuer à fuir au cas où nous serions rattrapés, et nous sommes descendus aussi vite que possible, pendant longtemps. L'escalier se terminait sur une étroite plateforme grise, en béton armé aussi.

Un groupe de travailleurs attendaient devant une lourde cuve en métal rougeâtre. J'ai compris qu'il s'agissait de l'ascenseur pour descendre encore plus profondément. J'ai frappé sur la cuve en demandant « Combien de temps ? ».

Un des hommes m'a répondu « Cinq bonnes minutes madame, c'est qu'il descend vraiment profondément vous savez ». (5)

On ne pouvait pas attendre. J'ai relevé la tête, en face de moi, un couloir étroit s'ouvrait sur un tout aussi étroit escalier en colimaçon fait de métal, et qui remontait vers la surface, en nous précipitant dans cette direction, je me disais que peut-être, je devais laisser les enfants choisir les directions que nous prendrions, parce que jusqu'à présent, c'est moi qui les retenais pour les orienter et que jusqu'à présent, on avait failli se faire attraper deux fois. Que peut-être, je devais me fier à leur instinct d'enfant.

C'est là que j'ai vu sur la gauche, une porte de secours, et malgré ce que j'étais en train de me dire, j'ai attrapé les enfants, appuyé de toutes mes forces sur la barre d'ouverture et poussé la porte.

Nous étions à l'intérieur d'un grand hall de métro qui

s'éloignait en plusieurs hauts tunnels piétons. Nous sommes passés devant la table d'un contrôleur en gilet jaune, qui n'a pas fait attention à nous, il était en train d'éditer un ticket à l'homme en costume placé devant lui. C'était bondé, il y avait du monde partout.

Des gens déguisés en clowns, des stands de déguisements avec des ballons. J'ai compris qu'il y avait un carnaval. Nous avons emprunté le couloir le plus large, nous marchions parmi la foule entre les stands. Je me suis demandé s'il fallait mieux que je nous achète des déguisements, puis j'ai compris que nous étions sauvés. Ça y est nous étions libres, il nous suffisait d'avancer vers la sortie.

J'ai senti la peur me quitter au moment où le soleil est venu caresser mes cheveux.

J'ai regardé mes enfants, et je leur ai souri.

Nous étions sauvés, nous allions pourvoir nous reposer et vivre.

Souriante, radieuse et heureuse, je me promène dans les couloirs, laissant glisser mes doigts sur les murs et les portes. Je prends de grandes inspirations, puis les sensations se dissipant, je tourne une poignée dorée.

Tout est orange autour de moi, des oranges clairs, pâles, foncés, des déclinaisons orange à l'infini. Je suis de forme rectangulaire, avec des bras extrêmement fin et très très long, j'en ai quatre (4) au total.

J'essaie de décoller, de m'envoler, mais j'ai la sensation de ne pouvoir le faire, car il y a deux petits rectangles posés sur le sol, qui sont accrochés à deux de mes bras. J'ai la sensation qu'ils sont des poids trop lourds pour que je puisse décoller. Je regarde longtemps ce ciel orangé que je crois ne pas pouvoir atteindre, parce que je suis attachée à ses deux petits rectangles qui restent au sol.

Puis au bout d'un certain temps, quand je me retourne, et que j'observe bien, je me rends compte que ce n'est pas eux qui m'empêchent de décoller, c'est moi qui les retiens.

Dans un flash aveuglant, je reviens devant une porte, je ne sais pas si c'est celle que je viens de franchir ou une autre, j'essaie de l'ouvrir, mais elle reste bloquée. Je glisse vers la suivante.

La vallée des griz, était une belle vallée verdoyante, entourée de très hautes montagnes, suffisamment hautes pour ne pas voir qu'il y avait tout un univers au-delà.

Des montagnes magnifiques, que tous les habitants de la vallée rêvaient de visiter sans jamais oser y aller.

La vallée des griz, est un monde où les habitants sont tous gentils, souriants et accueillants. Chacune de leurs phrases commence par un « Oui ».

Il y a le « Oui je suis d'accord », le « Oui-je-suis-content», le très fréquent « oui-si-tu-veux » et le plus courant : le « oui-tout-va-bien ». Le tout ponctué de rires, tout le temps, même pour des choses anodines ou qui ne sont pas joyeuses du tout, « Oui-tout-va-bien, hahaha, nous allons être en retard, hahaha, oui-tout-va-bien ».

Bien sûr, à mon arrivée, j'ai été subjuguée par cet accueil si bienveillant, cette ambiance toujours joyeuse et légère, comme si chez eux rien n'avait d'importance, rien ne semblait grave ou triste ou lourd. Chaque situation auréolée de « Oui-tout-va-bien », ajoutés aux pigments du rire, surajoutés à un regroupement réflexe, que je croyais être du lien.

Ensuite, j'ai vu qu'ils se mettaient à gonfler de loin en loin, les petites épines noires qui étaient sur leur dos, se sont mises à grossir, puis à apparaître sur le dessus de leurs bras et ont fini par se propager sur tout leur corps, jusque sous leurs pieds. Quand j'ai demandé de quoi il s'agissait, si c'était douloureux, il m'a évidemment été répondu : « Oui-tout-va-bien, oui-je-suis-content », et moi, bien sûr j'y ai cru.

Ce que je ne savais pas à ce moment-là, c'est que ces épines étaient des aiguilles-de-la-rancœur, on en trouve à peu près partout dans l'univers-monde, elles sont très douloureuses, mais les griz, habitués à les porter depuis leur plus jeune âge, et surtout habitués et faire leur rituel quotidien du « Comme-si-tout-allait-bien » ne laissaient rien paraître de leur souffrance, et continuaient à gonfler, gonfler.

Je me demandais jusqu'à qu'elle point ils allaient continuer comme ça, certains se dégonflés, totalement ou en partie, et pouvaient se mettre à gonfler de nouveau aussi rapidement qu'ils s'étaient dégonflés. Je me posais cette question :

« Jusqu'à quand ? ». Je pensais que l'un d'entre eux finirait par éclater et s'exprimerait enfin en d'autres termes que

« Oui-si-tu-veux ou oui-je-suis-d'accord ».

Je pensais qu'enfin, le fait d'éclater leur permettrait d'avancer normalement sans se faire piquer les pieds par les aiguilles-de-la-rancœur à chaque pas.

Mais je me suis trompée. Ce que j'ai compris, c'est que gonfler était leur fonctionnement intrinsèque et leur langue, le « Oui-à-tout ». Ils ne connaissaient rien d'autre et surtout ne voyaient aucun intérêt à fonctionner autrement.

Quand ils ne pouvaient pas dire « oui » alors ils ne disaient plus rien, se taisaient pendant un temps infini et ne reparlaient que pour recommencer leur phrase par un « Oui-quelque-chose ».

Je pense que trop souvent, pour eux, j'ai commencé mes phrases par « Non-je-ne-suis-pas-d'accord », ou pire le « Non-je-ne-veux-pas ». Un jour, j'ai même osé dire « Je-ne-vais-pas-bien ».

Il s'est avéré que ce qui était pour moi un simple moyen d'expression de mes besoins, était vécu par eux comme une agression violente et injuste, et je n'imaginais pas à quel point ! En même temps, si je l'avais su, est-ce que j'aurais fait autrement ? Je ne pense pas, non, je n'aurais pas pu indéfiniment continuer ce rituel stupide du « Comme-si-tout-allait-bien » chaque jour, parce que ce n'est pas ça la vie. Selon ma conception, évidemment.

À ce problème langagier, c'est ajouté, le fait qu'à plusieurs reprises j'ai émis l'idée que nous pourrions aller sur les montagnes qui entouraient la vallée, juste pour voir, pour visiter, apprendre, se questionner, remettre des choses en question, juste pour faire autre chose, autrement.

Après les « oui-enthousiaste », se sont succédé les « oui-plus-tard », les « Oui-mais-je-n'ai-pas-le-temps », puis quand sont arrivés les «Oui-mais-j'ai-des-obligations-plus-importantes ».

J'ai fini par leur expliquer que moi je n'étais pas comme eux et que ce changement dans nos jours de vie, était vital pour moi. Je ne pouvais pas rester plantée là, à juste attendre que le temps passe, et j'ai fini par y aller, seule.

Je suis partie un matin, tout simplement. Sur le chemin du départ, sans surprise des « Oui-tout-va-bien », « Oui-c'est-super » m'ont escorté jusqu'à la sortie du village.

À mon retour, je me sentais plus claire, plus légère et plus lumineuse de ce que j'avais vécu, j'ai voulu le partager avec eux, leur raconter, leur expliquer, leur faire comprendre que c'est possible. Mais non seulement, ils avaient encore gonflé, mais en plus ils étaient devenus très lourds, comme surchargés par le poids des aiguilles-de-la-rancœur.

Ils m'ont alors demandé de partir. Ma présence était devenue de trop, je perturbais leur clan avec mon approche bien trop agressive. Le non, le changement et le doute leur faisaient bien trop peur pour qu'ils aient envie de s'y confronter. Et encore une fois dans quel but ?

Je sentais bien depuis quelque temps, qu'il faudrait que je reparte bientôt, je ne pensais pas que ce serait aussi tôt, je ne pensais pas que ce serait aussi soudain, apparemment je n'avais pas suffisamment mesuré à quel point les aiguilles-de-la-rancœur s'étaient ancrées profondément.

Ce que j'ai compris aussi, c'est que je n'étais pas porteuse d'une vérité absolue, comment je pouvais savoir que ma vision des choses et mon fonctionnement à moi était meilleur, que c'était « Le » chemin à suivre ? Parce que mon expérience ? Après tout qu'elle que ce soit leur mode de vie, il n'empêche qu'ils continuaient de vivre tous ensemble, certes repliés sur eux-mêmes, mais les uns avec les autres, pendant que moi, je continuais d'avancer seule, alors...

Lorsque j'ai traversé le village pour partir, quitté la vallée pour ne jamais y revenir, plus personne ne parlait. À mon approche, la plupart ont tourné le dos, je suis passé comme un fantôme à leurs yeux. Comme si je n'avais pas existé parmi eux, comme si nous n'avions jamais rien partagé ensemble.

Pas un seul mot, pas un geste, pas un regard, d'aucun d'entre eux.

Avec le sentiment encore amer du rejet, je me suis dirigée vers un autre couloir, puis encore un autre, je voulais m'éloigner, aller vers autre chose. M'éloigner le plus possible de cette vallée qui m'a fait tant souffrir.

J'ai de plus en plus conscience d'être moi et une autre en même temps. Je connais ses amis, je sais ses loisirs, son intimité, absolument tout, comme s'il s'agissait de ma propre vie. Je peux m'observer dans un miroir, je ressens ses émotions, quand elle rentre chez elle, je peux voir à travers ses yeux la lumière que les stores vénitiens semi-ouverts laissent passer. Je perçois sa sérénité alors qu'elle observe son appartement aux murs de briques rouges.

Je peux même suivre son cheminement de penser, comme s'il était le mien. Son impatience en espérant qu'il ne rentre pas trop tard, comme ça ils pourront dîner ensemble et boire un verre sur le balcon, avant que le soleil ne se couche.

Elle porte une salopette en jean bleue. Elle ne sait pas encore qu'il ne rentrera pas ce soir. Elle est encore heureuse de l'attendre sans savoir que c'est ce qu'elle fera le reste de sa vie. Elle n'aura jamais la force de déménager, elle continuera à errer dans leur bonheur perdu. Elle ne pardonnera jamais à ceux qui lui ont pris son être aimé, et pourtant elle ne saura jamais qui ils sont, tout simplement parce qu'ils ne seront jamais retrouvés. Elle aura même gardé le tee-shirt blanc et le jean tachés de sang qu'il portait ce jour-là. Mais ça, elle ne le dira à personne.

Porte-couloirs-porte.

Je me déplace à l'intérieur d'une bulle où le temps est ralenti, chaque événement, chaque personne qui tourne autour de moi comme en apesanteur, certaines m'échappent, disparaissent ou s'éloignent.

Je flotte dans le vide, chaque morceau de ma vie éparpillés, voletant autour de moi, en apesanteur. Une déflagration a retourné tout ce qui m'entourait.

Je n'arrive pas à recoller les morceaux, je n'arrive pas à faire redescendre tout ça, je n'arrive pas à remettre tout en place.

Je crois que je n'ai pas la force de le faire. Je n'ai pas non plus la force d'attendre que tout retombe. Je continue de flotter douloureusement, je continue à errer, perdue dans un espace de tourments, de désarroi, sans limite, sans frontière. Le temps figé dans une infinie souffrance.

Je flotte au-dessus du vide, je n'ai plus de point d'ancrage. Je sais que la peur du vide n'est que temporaire, je sais que je dois replacer différemment chacune des parties de mon âme. Je sais que tout se reposera autour de moi. Je sais tout ça, pourtant j'ai peur.

Je me décide à relever la tête et à regarder ce qui m'entoure.

J'y vois des peurs, beaucoup, elles sont décimées un peu partout, près de l'enfance, dans mon rôle de mère, en moi, et en moi en tant que femme. J'en vois aussi nichées au milieu de tout ce qui est matériel. Elles sont là permanentes et partout. Je remarque que tout s'organise par zone temporelle, ou parfois s'entremêle sans qu'il n'y ait de sens. Je vois l'enfant que je suis, une petite fille brune avec une coupe au bol. Les couleurs autour d'elle, ne sont qu'anxiété, peurs viscérales, tristesse et colère. J'y vois l'isolement, l'abandon, le rejet.

Tout à côté, j'y vois une adolescente, elle fait plus que son âge, et malheureusement pour elle, elle est très belle. De là où je suis, je peux la voir basculer vers ce qu'elle croit être la liberté. Mais qui n'est en fait qu'une course poursuite avec un manque d'amour inépuisable, qu'elle essaie de combler par à peu près tout ce qui s'offre à elle. Et la nuit, il y a beaucoup trop de choses qui brillent et qui ressemblent à des étoiles. Il n'y a rien de sain dans ce qui l'entoure.

Plus loin, une femme, les yeux baissés, enfermée dans un univers sombre, gélifié, chaque élément, objet ou personne de sa vie, figé dans une gélatine verdâtre, elle est libre de ses mouvements, enfin presque. Tout est très silencieux, par moment un événement bouge et déplace un lieu, un objet, une personne génère des gestes lents, des phrases fades, puis tout se fige à nouveau. Elle s'ennuie, dans cet espace sans couleur et sans vie. Elle a besoin de fantaisie. Elle n'a plus de repaire, ne sait plus ce qui est bien ou mal. Elle s'est perdue. Quand elle se retrouve enfin, elle ne sait pas ou ne peut pas faire autrement que tout briser autour d'elle pour s'enfuir, les conséquences seront lourdes, très lourdes, mais ça elle ne le sait pas encore.

Je n'ai pas envie de voir ce qu'il y a après. Je le sais déjà, je n'ai pas la force de me confronter encore à cette douleur que j'ai eu à traverser. Je tourne la tête rapidement, je croise malgré tout, mon regard alors que je suis allongée sur un sol gris, à moitié inconsciente.

Je ressens un immense chagrin pour cette femme que j'ai été. J'ai eu tellement à supporter pendant ces années, je me demande encore comment j'ai pu y survivre. À la fin, j'avais lâché la force et l'espoir, le chagrin avait effacé ma volonté. Je n'y arrivais plus, je ne tenais plus, c'était trop difficile.

Je me suis effondrée par ce que j'en pouvais plus. Il ne

me restait plus rien, même le vide à l'intérieur de moi était douloureux et froid.

Le temps n'a finalement aucune prise sur l'émotionnalité.

Je ne voulais plus penser, ne plus ressentir, chasser toutes les émotions une à une, qu'il ne subsiste rien, devenir aride, froide, vide, tranquille, ne plus être tout simplement. Ne plus me laisser submerger, je ne voulais plus sentir les lames acérées du manque me transpercer de part en part, je ne voulais plus sentir leur absence (0) couler sur ma peau, traverser mon âme et me pulvériser de douleurs et de chagrins.

Je n'étais même pas en miettes, j'avais piétiné les miettes pour survivre.

En apesanteur pour ne plus rien ressentir, me protéger de la douleur en acceptant ma propre fin, ne plus exister, ne plus être, arrêter de penser.

Ouvrir les yeux ailleurs, dans un autre monde, une autre réalité, là où la douleur n'a pas prise. Lutter, croire que c'est possible, sinon à quoi bon ?

Je le trouve sur le canapé, replié sur lui-même, son visage exprimait une profonde souffrance, j'y voyais de la tristesse et de l'angoisse, une angoisse profonde. Je me suis agenouillée près de lui et sans oser le toucher, je demandais:

Qu'est-ce qui se passe ?

J'ai peur.

Qu'est-ce qui te fais peur ?

Toi. L'idée de te perdre. De te savoir avec un autre que moi.

J'ai reçu ses émotions en pleine poitrine. Après quelques secondes de réflexion, je posais mes mains sur ses genoux et m'enquérais :

Méditation, tu fais ?

Il hocha la tête, toujours prostré. Je me relevais, pris

deux coussins sur un fauteuil (2) et les posais au sol. J'enlevais mon manteau et le posais négligemment sur un dossier de chaise, avant de m'avancer vers lui. Je lui tendis la main et lui dit :

Viens, je vais te montrer.

Bien qu'il eût l'air de ne pas comprendre ce que je faisais, il me saisit la main et se releva. Je l'attirais jusqu'à moi, assez près pour tenir son bras et l'amener à se baisser en même temps que moi jusqu'à se retrouver assis sur le tapis.

« Vas-y, installe-toi pour méditation ».

Face à lui, je lui expliquais :

Les émotions sont de l'énergie. Mes émotions à moi, toi, tu peux les ressentir.

Parce que tu m'as laissé te rejoindre dans tes rêves, alors le lien est créé entre nous. Quelle que soit la distance qui nous sépare, nous aurons toujours la possibilité de nous ressentir par ce biais. Maintenant, par la méditation, je vais te faire percevoir tout l'amour que je te porte, toutes les émotions que je ressens pour toi, je vais te les transmettre pour que tu comprennes. Pour que tu saches pourquoi il n'est pas possible pour toi de douter de moi. Pour que, peut-être, tu te souviennes de qui je suis pour toi.

Une fois qu'il fut assis en tailleur, je m'installais juste derrière lui, prenant soin de placer les deux petits coussins sous mes genoux et dans cette position (2), je collais mon corps sur son dos et passais mes bras sous les siens pour poser mes mains sur sa poitrine.

Placée si près de lui, je laissais mon corps suivre sa respiration et s'harmoniser parfaitement, comme si nous n'étions plus qu'un seul et même être. J'attendis encore un peu de sentir les battements de son cœur se ralentir, puis j'appuyais ma tête contre lui, et fermais les yeux. Trois respirations profondes et première transmission.

Je ne pouvais pas savoir à l'avance de quelle manière cela se produirait. Cette fois, c'est une lumière chaude qui est apparue au niveau de mes mains puis elle s'est répandue à tout mon corps. Je ne savais pas s'il pouvait voir à travers ses yeux clos, je laissais l'énergie qui émanait de mon corps, se propager et se répandre en lui. Je sentais sa respiration, calme et profonde qui s'accélérait. Je le serrais un peu plus contre moi, comme pour le rassurer. Une source lumineuse s'est formée dans ma poitrine, elle s'est mise à tourner sur elle-même avant de s'amplifier pour former une sorte de sphère ovale, puis elle s'est aplanie, nous traversant tous les deux, nous plaçant au centre de ce qui ressemblait à une voie lactée.

Le temps disparaissant totalement dans ces moments-là, je ne sais pas si nous sommes restés ainsi une seconde, une heure ou mille ans (1)(1)(1000). Finalement, les lumières se sont recentrées en nous, pour s'atténuer et disparaître complètement. Je n'ai pas bougé et lui non plus. Nous sommes restés comme ça, l'un contre l'autre nos deux corps unis, encore longtemps.

Je me retrouve en pleine mer, il fait nuit noire. Un voilier énorme est en train de couler, des vagues gigantesques viennent briser sa coque en bois.

Je suis complétement immergée par moment, quand je remonte à la surface, je suis entourée de vagues aussi immenses que des montagnes, la pluie, violente me frappe au visage. Je vois le bateau qui lutte pour ne pas sombrer. Des caisses et des poutres en bois flottent et coulent par intermittence. Comme moi.

Alors que j'ai la tête hors de l'eau un bref instant, j'aperçois sur ma droite un mur de mer qui semble s'élever à l'infini. Dans ce mur, juste au-dessus de moi, une bulle de lumière se forme et s'agrandit. L'eau qui me submerge encore une fois trouble ma vision, et mon corps, me paraissant peser une tonne, me fait oublier quelques secondes ce que je viens de voir. Lorsque je force mes muscles à me remonter à la surface encore une fois, la lumière semble former un tunnel en son centre. À l'intérieur, je peux y voir un homme en train de travailler dans un potager.

Alors que je me retrouve à nouveau sous l'eau, je suis sûr que ce sont des haricots verts qu'il est en train de planter. Je me force à sortir ma tête hors de l'eau pour voir encore. L'image est toujours là, je peux voir les feuilles du cerisier danser doucement sous ce qui semble être une brise de printemps.

Il a l'air de faire chaud, l'homme s'arrête quelques instants pour essuyer son front. Je trouve qu'il est beau. L'image à l'intérieur de la bulle est lumineuse et chaleureuse.

La mer m'engloutit une nouvelle fois, mes poumons me font mal, et je sens mes forces me quitter. Je me dis que je dois me raccrocher à cette paisible image si je veux survivre, me faire croire que je suis là-bas avec lui, et non pas dans le noir en train de me noyer. Comme quand j'étais Personne et que je retournais dans le jardin jouer avec mes enfants.

Puis, j'ai réalisé que ce n'était pas juste une image, mais bien une réalité, la sienne.

J'ai ressenti un profond désarroi de voir cet homme dans son jardin, planter des haricots verts, pendant que moi, je faisais naufrage en pleine tempête, dans cette réalité qui était la mienne.

En fait, il ne s'agissait pas seulement d'une image lointaine à laquelle me raccrocher, mais bien une réalité existante dans laquelle je pouvais aller me réfugier pour traverser la tempête. Je m'en suis rapprochée, et j'ai réussi à me hisser. À demi appuyée sur le bord de l'image, j'ai pu reprendre mon souffle, respirer quelques instants, avant que tout ne disparaisse, le jardin, l'homme, le cerisier. Je me suis sentie tomber en chute libre dans le vide derrière moi.

Alors que je tombe, je me vois, pantin acrobate soutenant des piles d'assiettes posées sur des tiges en bois, le tout maintenu à bout de bras. Ramasser les morceaux en faisant en sorte que tout ne s'écroule pas.

À jongler, en équilibre permanent, relâcher un côté pour rattraper l'autre, puis l'autre, puis l'autre. Se maintenir, tanguer, vaciller pour garder un semblant d'équilibre, en espérant que tout ne s'effondre pas.

J'atterrie au centre de ce qui pourrait être une arène, elle est presque entièrement vide, j'y vois au loin quelques personnes, quelques-unes sur le sable, d'autres dans les gradins.

Mes enfants sont près de moi, ils ont le même âge tous les deux, ils sont petits, pas plus de trois ans.

La brise légère qui faisait se soulever mes cheveux, devient de plus en plus violente, le sable soulevé du sol vient fouetter nos visages. Je serre mes enfants tout contre moi et relève la tête pour regarder droit devant, dans l'espoir de trouver de l'aide.

L'arène est complétement vide, les combattants l'ont désertée, tout autant que les spectateurs, il ne reste plus personne. Ils sont tous partis se terrer, nous laissant, seuls, en pleine tempête.

Le vent devient tellement fort, que je ne peux plus ouvrir les yeux, je porte mes enfants dans mes bras, j'essaie d'avancer, je me bats. Je lutte pour avancer, trouver un endroit pour nous protéger, avancer un pied devant l'autre. Un pas. Un pas. Un pas.

J'ai mal partout, je me sens épuisé, je n'ai plus la force de lutter. Je pose un genou à terre, portant toujours mes enfants dans mes bras. Je voudrais pleurer et hurler, mais je sais que si je le faisais je m'étoufferais avec la poussière et n'aurais plus jamais la force de me relever.

J'en viens à regretter de ne pas être seule, j'aurais pu me laisser mourir en paix. Je crie à l'intérieur de ma poitrine, me redresse, et je continue, j'avance, un pied devant l'autre. Je n'ai aucune visibilité, je ne sais même pas dans quelle direction je vais. J'aimerais que ce soit la bonne direction, mais je n'arrive pas à relever la tête pour voir si loin.

Je courbe le dos, resserre mes bras autour de mes enfants et j'avance, aveugle, tout ce que je suis en capacité de voir ce sont nos douleurs, et l'abandon de ces autres qui auraient pu nous aider, et qui ont choisi de ne pas le faire.

Encore quelques pas et cette fois, c'est à genoux que je me sens tomber, je perds espoir. Puis je sens la colère monter en moi, une colère sourde, profonde, immense, sous sa force, je me relève, elle me tient debout comme des étais.

Elle me permet d'avancer, d'ignorer la douleur, elle me permet de ne pas perdre la force de porter mes enfants.

J'avance, je tombe, me relève encore et encore, je lutte pour que mes enfants ne soient pas blessés. Je ne suis pas une guerrière, je ne sais pas me battre, je me vois échouer. Et je me vois avancer malgré tout.

La tempête finit par s'apaiser. On peut se poser un peu, juste le temps de panser nos blessures, juste un peu. Je discerne quelques silhouettes alentour.

Puis les bourrasques reprennent, mes enfants sont plus grands, je n'ai plus besoin de les porter, ils savent marcher et lutter contre le vent tous seuls, ils ont appris maintenant.

Les bourrasques, bien que violentes ne se transforment pas en tempête. On arrive à avancer côte à côte, ensemble. Pendant un moment j'ai vu ma fille s'éloigner, j'ai cru que j'allais la perdre, puis elle est réapparue.

Je commence à discerner au loin, un petit coin de verdure, l'air y semble calme et apaisé, je reconnais même un arbre. Je vais conduire mes enfants là-bas, pour qu'ils puissent apprendre autre chose que le combat. Je voudrais qu'ils sachent que la vie ne se résume pas à lutter chaque jour pour avancer, qu'il ne s'agit pas seulement d'accepter les douleurs infligées pour grandir.

Rien n'est gagné, j'ai exigé d'eux qu'ils deviennent des guerriers pour survivre, car je les savais en danger, alors que ce dont ils avaient besoin, ce n'était rien d'autre que du réconfort et de l'amour.

Portes. Couloirs. Portes. Aveuglée par des larmes lourdes de chagrin d'avoir dû marcher seule dans la tempête, triste que personne n'ait eu envie de nous aider, de nous protéger, ne serait-ce qu'un tout petit peu.

Je me prends à espérer qu'un jour, je saurai être celle qui pourra rétablir ce qui a été, celle qui pourra unifier les univers. Comme un fondement, être l'apaisement de la réunification des mondes. Le calme au milieu de la tempête, la terre si douce qu'elle permet de poser un genou à terre de laisser ses larmes couler dans la poussière, sans risquer de s'étouffer avec.

Me souvenant que c'est mon nom que je dois trouver, je me glisse dans l'entrebâillement d'une porte. Rouge.

Nous évoluions ensemble, main dans la main, nous communiquions, nous partagions beaucoup, énormément. À peu près tout d'ailleurs.

Je pensais que notre vision était la même, ainsi que notre perception.

Je pensais que nos passés différents nous avait réunis, que nous étions dans le même présent, et que nos futurs étaient communs.

Je peux voir d'ici ma naïveté, mon amour innocent, presque ingénu.

Il y avait un véritable lien entre nous. Le reste étaient des écailles épaisses, faites de nos peurs, nos failles, nos acquis sociaux, éducatifs, affectifs, transmis par nos familles respectives, à cela s'ajoutait les heurts de nos vies.

Et ces écailles elles auraient très bien pu s'imbriquer parfaitement pour s'annihiler les unes après les autres, progressivement, rassurés que nous aurions été par la force de ce lien qui nous unissait.

Au lieu de ça, un mur de verre est apparu entre nous, sa particularité, c'est que l'on continuait à se voir, mais le mur nous renvoyait une image biaisée, il nous renvoyait le reflet de ce qui nous effrayait, et nous, on n'a pas su voir autrement.

Tu avais les certitudes de ceux qui, ont eu la chance d'avoir une vie qui leur a permis de toujours marcher debout, car rien ne s'effondre. Vaciller et tomber t'apprennent combien les certitudes sont illusoires.

Tu me faisais vivre dans un monde imaginaire où tu refusais de grandir. Ta vie n'était composée qu'avec des bouts de rêves, des éclats de désirs, des regrets entrelacés, et des frustrations dans des jaillissements de l'enfance.

Mais moi je n'avais plus envie d'être une petite fille.

Je pensais qu'on arriverait à le dépasser ensemble ce mur. Mais pas toi, toi tu as eu peur, tu n'as pas voulu prendre de risque. Tu as préféré rester caché, terré plutôt que de venir le contourner pour me rejoindre.

Je t'ai écrit des milliers de lettres depuis ce jour, où je me suis retrouvée à marcher dans le vide, l'avenir ne se dessinait plus devant moi, le passé était douloureux, je ne voyais pas mon présent sans toi.

La plupart de ce qui m'entourait était source de douloureuses épines qui me transperçaient le cœur.

On aurait pu prendre le temps de se désaimer, mais ce n'était peut-être pas nécessaire pour toi, car peut-être que tu ne m'aimais déjà plus depuis longtemps.

Après tous les noëls, les vacances et les anniversaires passés tous ensemble, pendant toutes ces années. Plus rien du jour au lendemain, sans au revoir, sans insulte, sans rien, juste le silence de l'indifférence.

J'ai eu, durant longtemps, des pointes, je dis pointe car c'était très fin, et très bref. Des pointes où je me sentais bien, et alors il suffisait, d'une odeur, une note de musique, une luminosité particulière, pour que le piège à loup se referme brutalement sur mon cœur, et la souffrance, comme au premier jour, comme si tout ce temps, tous mes efforts, tout ce combat pour te surmonter n'avait été qu'un faux semblant, quelques volutes de fumée qui auraient essayé de cacher un gouffre immense, en vain.

Tout s'évaporait, je me retrouve de nouveau un samedi

matin de janvier, il est à peu près dix heures (1001), je suis assise à la table de la cuisine pendant que tu parles, j'entends tes mots presque assourdis, je les perçois lointains, pourtant ils sont bien présents, en train de s'insinuer en moi. Un gribouillis est en train de se former à la place de mon cœur, une masse noire, faite de fils, sorte de liens coupés qui se sont recroquevillés sur eux-mêmes, mais n'arriveront plus à s'harmoniser avant longtemps. Je sens cette douleur qui s'encre profondément, comme un poulpe géant, sombre et visqueux qui vient se loger dans ma poitrine et dans mon ventre, et qui finit par m'envelopper entièrement.

Pendant longtemps, trop longtemps, c'est la seule émotion que j'arrivais à ressentir, je ne voyais qu'à travers mon chagrin, je n'entendais que tristesse, tout ce que je goûtais avait l'amertume du désespoir.

J'avais l'impression que le monde était vide sans toi. Je voyais la lumière, je voyais les couleurs, j'entendais les rires des autres, je pouvais voir leurs joies, mais je percevais absolument tout comme si, j'étais derrière un mur en verre, tout me paraissait si lointain, si surnaturel, je me demandais comment ils faisaient tous ces autres, pour arriver à vivre, à être heureux.

Quand je regardais le reste du monde, j'avais l'impression qu'ils n'étaient tous que des avatars, insignifiants. Je ne les voyais pas pétiller, s'illuminer ou briller. Comme s'ils n'étaient que des éléments du décor dans lequel je vivais.

Je voyais tout noir et gris. Chaque image, chaque son, le moindre mouvement étaient des lames acérées qui me déchiraient le cœur, transperçant chaque muscle de mon corps. Comme si le fait que la vie continue malgré toi me soit physiquement insupportable.

J'aurais sûrement préféré que le reste du monde s'effondre avec moi. Au lieu de ça les oiseaux continuaient de chanter et de voler, il y avait des gens heureux, et de belles choses se produisaient encore, alors que toi tu n'étais plus là.

La vie après toi n'a pas continué, elle est restée figé dans une image de toi, dans une douleur latente et permanente.

Je n'avais plus de désir, plus du tout. Plus le désir de manger, plus le désir de rire, m'amuser, faire l'amour. Je n'avais plus envie de rien, comme si l'accès aux plaisirs de la vie ne pouvait se faire, que partagés avec toi.

Les jours se suivaient et se ressemblaient, ils devenaient des semaines, puis des mois, et rien ne se modifiait, les couleurs n'apparaissaient toujours pas, et ton visage ne s'effaçait pas.

Je n'avais pas d'échéance, rien à quoi me raccrocher, comment j'aurais pu faire pour poser les jalons d'une nouvelle vie, si je flottais dans le vide.

C'était trop pénible, éreintant, difficile. Je me réfugiais dans mon imaginaire si intensément que je pouvais rester immobile, les yeux dans le vague pendant des heures. Quand j'étais obligée de fonctionner j'oubliais ce que je venais de faire, ce que je devais faire. Je n'étais plus là, dans cette réalité sans toi, mais là-bas dans ce monde imaginaire près de toi. Mais même là-bas, la douleur finissait toujours par m'atteindre. Je ne voyais aucune issue.

J'ai continué de t'attendre, sur le quai de cette gare où tu venais me chercher, je ne savais plus pourquoi, mais je continuais à attendre, chaque jour, quelque chose qui ne viendrait pas.

J'étais triste d'imaginer que toi tu ne l'étais pas.

Je traversais des lieux où nous avons été tous les deux, j'y voyais encore nos mains enlacées, nos sourires et nos sous-entendus. Où que je regarde je voyais le fantôme de Nous, jusqu'à me demander si nous avions vraiment existé ensemble, ou si à force de t'espérer, je n'avais pas fini pas t'inventer, tu étais tellement tout pour moi, loin d'être parfait, mais si proche.

Petit à petit ma vie est devenue noire, bleue et blanche, avec des pointes de jaunes et de oranges, je ne voyais toujours pas le vert. Mais au moins je n'allais plus d'attendre sur le quai d'une gare vide. J'étais juste triste pour cette femme que je croisais parfois dans le miroir le matin, ou celle que j'avais en face de moi, le soir quand j'éteignais la lumière.

Durant un temps infini, je t'ai écrit, je t'ai écrit des milliers de lettres. Dans ces lettres j'ai déposé tout l'amour que j'avais pour toi, j'y ai encré la rareté de ce que nous avions partagé, la chance que nous avions eu de pouvoir être ensemble.

J'y ai aussi déposé mon désarroi, je crois avoir été en colère contre toi pour cette douleur que tu nous infligeais, mais je ne crois pas qu'il y en ait eu beaucoup. Je t'aimais bien trop pour ça. J'y ai écrit notre amour, le jardin, nos balades main dans la main, tes sourires, tes bras, tout ce qui faisait que tu étais toi, et tout ce qui faisait qu'il y avait un nous.

Parce que j'avais tout partagé avec toi, je t'avais donné tout ce que j'étais, et pour ce que j'étais tu m'as rejeté, alors je ne pouvais pas partager ma douleur avec toi. C'est pourquoi ces lettres je me suis forcée à les brûler, comme si je brûlais la douleur. Je me suis efforcée de faire disparaitre toute trace matérielle de ton existence.

Je l'ai fait pour m'obliger à avancer, je ne voulais pas te donner le mérite de mon anéantissement. J'ai balancé dans les fleuves tes cadeaux en espérant faire disparaitre mes maux. J'ai supprimé les images, fais disparaitre ton écriture, qu'il ne reste rien de toi. Je n'ai pas réussi, car malgré tout ça, tous ces rituels de symbolisation effaçant, ton souvenir continuait de me hanter, j'ai continué à rêver de toi. Je n'ai pas réussi à t'effacer de mon cœur et de mon esprit, tu y es demeuré encore de longues années. Tu m'as manqué souvent, j'ai continué à penser à toi sans m'en rendre compte, mais bien trop fréquemment.

En ressortant par la petite porte rouge, je me suis sentie soulagée et triste de t'y laisser à l'intérieur, loin de moi et de ce que j'allais devenir sans toi.

Je m'engouffre dans la porte suivante, en la refermant je m'aperçois que j'ai coupé presque tous les liens qui me reliaient à toi.

6

J'atterris dans une grande maison de plain-pied, style années 70, tout est de couleur marron, des clairs, des foncés, des moins clairs, des moins foncés.

Je suis déjà prête, apprêtée ? habillée, dans un camaïeu de marrons, je tiens une sacoche dans ma main et porte mon pardessus beige. Je suis déjà énervée, agacée, mes enfants ne sont pas prêts.

Je remonte le couloir, ils partagent une grande chambre avec du lambris sur les murs. J'ai conscience d'être dans la tête de cette femme que je suis et ne suis pas. Je ne sais pas si elle perçoit ma présence en elle. Je lui fais réaliser que quelque chose ne va pas. Je glisse dans son esprit une prise de conscience, son attitude est déplacée, cet énervement, ce stress permanent n'est pas justifié. Rien n'est plus important que ses enfants et leur bien-être.

Quand j'arrive leur réveil sonne à peine, ça m'agace, puis je me rends compte qu'ils sont à l'heure, c'est moi qui suis trop pressée. J'allais leur dire « Dépêchez-vous ! Je suis prête, je vous attends dans la voiture ! ». Je me ravise. Je ne suis pas forcément aimable en leur demandant de se lever. Mais le processus est enclenché.

Alors qu'elle remonte le couloir marron en lambris, je m'évapore et me retrouve dans un couloir gris en béton.

Je me rends visite dans d'autres univers ou vie, je ne sais pas, j'ai parfois conscience d'être dans l'esprit d'une autre qui est moi. Je m'aide, je me fais prendre conscience d'une chose qui permettra d'améliorer le reste de ma vie.

Je me demande à quels moments une autre moi est

venue me réveiller. Je me demande si nous sommes toutes vouée à un même destin, et c'est pourquoi nous venons nous entraider, peut-être est-il nécessaire que nous soyons toutes réunies sur le même plan, pour que tout se mette en place. Pour que ce qui doit être accompli soit accompli.

Je suis à la fois dans chacune des réalités existantes et à la fois dans les couloirs. Je peux être et m'observer en même temps.

Je suis devant l'entrée d'un aéroport. Les portes sont fermées. Je dois attendre pour décoller. Je m'assois un peu plus loin sur un banc.

Il fait nuit. Il fait froid. Je suis seule assise devant l'entrée de cet immense aéroport. Je me demande où sont les gens.

Je pense qu'il suffit que j'attende pour que les portes s'ouvrent. Alors j'attends. Je m'ennuie profondément. J'attends que ma honte et ma solitude disparaissent.

Je regarde mes pieds un moment et quand je relève la tête l'aéroport s'est terriblement éloigné de l'endroit où je me trouve. Je suis dépitée, je vais en avoir encore pour des heures à marcher pour le rejoindre. J'ai tellement pas envie de faire d'efforts, et encore moi celui-là.

Malgré tout, poussée par l'obligation, je me lève. L'espace qui me sépare du décollage ressemble à un « no mans land ». Il n'y a rien d'autre qu'un sol aride, des arbres morts et, parsemés de chaque côté du chemin de petites constructions en béton de forme cubique. Elles sont posées de travers, plus ou moins bien enfoncées dans le sol. Tout est noir, gris vide, insipide. Tout est dévasté, la terre est noire, la poussière est noire, les décombres sont noirs. L'air aussi est noir.

Il y a des zones inondées d'une eau noire et stagnante.

Au fur et à mesure que je dépasse ces blockhaus précaires, ils deviennent des boites translucides.

J'y vois à l'intérieur, des souvenirs qui sont les miens, il y a des émotions soigneusement rangées, des peurs profondes. Ils sont tous là, chacun d'eux, vif comme au premier jour, virulent, douloureux, existant.

J'ai tout déplacé, mais rien effacé.

Le tapis de l'hôpital, le cerisier devant la maison, l'odeur du bois dans la chambre, la respiration des enfants qui dorment encore. Plus j'avance et plus je m'enfonce loin dans mes souvenirs.

Certains, sont si lointains qu'ils apparaissent en partie floutés, comme si je ne pouvais pas y accéder.

Dans un des cubes, à la lumière du réfrigérateur resté entrouvert, je peux voir notre premier appartement. J'avance, je veux me sortir de cette période. Je voudrais nous prendre tous les trois (3), nous mettre dans un joli jardin verdoyant. Nous protéger avant que tout ne commence. Je peux nous y voir, mon fils à un an (1), il porte un pyjama vert et jaune, il marche vers moi en souriant, ses cheveux bouclés oscillent à chacun de ses petits pas. Ma fille aura neuf ans dans quelques mois (9), elle porte sa robe de princesse préférée, la violette, elle avance vers moi en sautillant. On s'installe sur une couverture bleue, posée par terre pour pique-niquer. On a l'air heureux tous les trois (3). Ensuite, je mettrais le jardin sous cloche et je poserais la cloche sur un nuage, dans le ciel. Pour que nous puissions demeurer en paix, tranquille. Ensemble, tous les trois (3) sans douleurs.

Un peu plus loin je me vois dans un espace public, qui semblait être une piscine. Je suis dans un grand hall de verre, de forme oblongue, mes enfants sont près de moi. J'observe, en m'approchant, les gens qui se baignent dans un grand bassin. Un des murs du bassin pousse l'eau vers l'autre mur puis revient se mettre en place, de manière à provoquer des vagues.

J'ai trouvé les vagues étranges, elles paraissaient épaisses, presque gélatineuse.

J'ai appelé mes enfants, je leur ai dit « Venez voir, c'est le quatrième état de l'eau !!! ». (4)

Je vois aussi les causes qui ont amenés les conséquences, je vois qu'il ne me restait que quelques années à attendre que ma honte disparaisse. C'était long, tellement long. J'avais froid et je m'ennuyais. J'étais si jeune, encore qu'une gamine, lâchée parmi les fauves de la nuit.

Dans l'un des cubes, je vois qu'ils se sont servis d'araignées pour te torturer. Ils t'ont attaché à une chaise, les mains dans le dos, puis ont orienté les araignées pour qu'elles te piquent, au niveau de ton visage, ton cou et ta nuque. Les piqures laissaient de petites marques noires gonflées. Ta peau, tout autour des piqures était très rouge et boursoufflée. De partout d'énormes protubérances.

Ton regard n'était que détresse, une détresse inhumaine. Tu étais devenu méconnaissable, empli du venin du ces énormes bestioles. Quand tu es mort des gouttes de transpiration ont perlé sur la pointe de tes cheveux avant d'aller s'écraser au sol.

Lorsque je passe à l'endroit où le monstre enferme mes enfants dans des chambres noires en leur interdisant de sortir, ne serait-ce que pour se rejoindre, je veux entrer les sauver, les prendre avec moi et les sortir de là. Mais je me cogne contre une paroi invisible, une paroi qui m'empêche de modifier ce qui a été, le passé semble immuable ici.

Je continue à avancer, en passant devant certains blockhaus-boites translucides, je prends soin de ne pas trop m'approcher pour que ce qui est à l'intérieur ne puisse plus m'atteindre. Je passe le plus vite possible en essayant de ne pas regarder ce qui s'y trouve, malgré tout, les images et les sensations viennent me submerger.

Comme je ne peux les éviter, j'avance et m'oblige à regarder les choses en face.

Je passe devant une vielle femme. Ses cheveux ondulent autour d'elle comme si elle était immergée dans l'eau. Elle s'adresse à moi :

« On dit que l'arbre eut pitié de lui et finit par le prendre dans ses bras et qu'aujourd'hui, ils ne font plus qu'un. On dit que l'homme se sent enfin vivant. Entièrement et pleinement en vie, parce qu'il a enfin compris que la source de sa créativité se trouvait en lui et en lui seul ».

Je ne comprends pas ce qu'elle veut dire, j'avance encore avec l'espoir d'atteindre enfin l'ère de l'envol.

Une brume épaisse s'élève du sol autour de moi, elle est composée de silences. Il y en avait une infinité, tous différents, chacun créant sa propre texture. Mes émotions pouvaient leur donner matière.

Certains sont poreux, d'autres suaves, d'autres encore glacés. Ils ont aussi des odeurs pour certains, l'odeur tranchante du métal, l'odeur fraîche du printemps ou l'odeur anxieuse de l'attente.

Il est possible de voir leurs couleurs quand on ferme les yeux, et d'en ressentir la lourdeur, l'acidité, ou l'amertume quand on les garde ouverts.

Il y a les silences pesants et ceux enivrants, ceux qui portent à réflexion et ceux qui veulent tout dire. Certains sont joyeux, d'autres paisibles. Il y en a que je retrouve avec impatience, d'autres me surprennent, car je les avais oubliés.

Il y a les silences que j'ai essayé d'éviter pendant longtemps, d'autres qui m'ont fait peur. Certains m'ont sauvé la vie ou tout au moins, ont permis de maintenir mon esprit à flot. Il y a ces silences douloureusement tranchants, s'insinuant profondément dans mes chairs. Ceux faits d'aiguilles d'acier arrivant à me transpercer de part en part. Et puis il y a eu aussi le silence de l'absence, si épais, tellement inconcevable qu'aucun bruit ne pouvait le faire s'évaporer, même pas la joie des autres.

Il a eu ces silences si grands qu'en regardant par la fenêtre je pouvais les voir s'étendre à l'infini. Des silences insondables, profonds, comme celui qui un matin m'a attiré si près du vide. (0).

Et le vide (0) me ramena à ma place dans le présent. (+1).

Je me vois au commencement de toute chose, ma destinée toute tracée s'étalant à mes pieds. Je vois au loin l'avenir des mondes en train de se former. Je vois toutes les étapes que je vais devoir traverser.

Je revois ce petit corps d'enfant que je n'habitais pas encore, puis j'y ai glissé, étriqué, enfermé dans cette enveloppe bien trop étroite. Je devais passer sous une fine cascade d'eau, de manière à naître de l'autre côté. Sur le moment il me paraissait évidemment que je me souviendrai pourquoi j'avais choisi cette voie, mais j'avais sous-estimé le pouvoir de l'eau à me faire tout oublier.

L'univers dans lequel je re-née, n'est constitué que de boue, de la boue enlisante, gluante, puante, rassurante.

Un mélange de terreur, de mal-être et de chagrin. Voilà de quoi était constituée cette boue, qui elle-même constituait mon univers. À ce moment-là, je ne connaissais rien d'autre. Autour de moi des tornades de colère, de désarroi, de mensonges, des tourbillons de non-dits, de rancune, qui me blessaient sans que je comprenne pourquoi. Au centre de batailles qui me dépassaient et m'engloutissaient, j'ai fini, évidement par me noyer.

Maintenant je suis ici, coincée dans cet univers que je perçois en deux dimensions (2). Un univers où le corps et l'esprit sont limités. Je me souviens la pluralité et l'infinité, et je suis désormais confrontée à la finité de chaque chose.

Un univers où il n'y a ni courbure ni relativité, où chaque chose est un point fixe. Je sais que je mes origines ne sont pas celles-là, je sais que je dois repartir, rejoindre l'endroit d'où je viens. Mais je ne souviens pas comment y retourner.

Je me souviens de tout, tout en doutant du réel.
Je sais, mais je ne suis pas sûr.
Je suis, mais je n'existe pas.
Ce n'est pas la Personne ou l'évènement qui sont

importants, c'est ce à quoi ils conduisent, qui est important.

J'ai conscience d'avoir choisie cette vie, ses tourments aussi. Mais je ne me souviens plus pourquoi. Je ne me souviens pas de ce que je dois apprendre, ni quelles sont les fautes que je dois expier.

Je fonctionne ici aujourd'hui, sans y être vraiment. Je me sens éloignée du reste du monde. Je suis totalement détachée. De tout. J'erre dans cet univers qui se superpose à un autre où le bien et le mal se mélanger pour mieux se confondre.

Je me sens lasse. Les liens qui me relient à toi, aux vies, au temps, s'amenuisent de jour en jour. Je m'en veux de ne plus te chercher, de t'avoir abandonné. Je me nourris de moins en moins, je m'ancre de plus en plus difficilement dans la réalité, quelle qu'elle soit, j'en ai de moins en moins envie. Je n'ai plus la force de me battre, je n'ai plus le souhait de transmettre, je n'ai plus l'énergie de continuer à croire. Je suis lasse.

Je ne suis pas sûr de la réalité de l'univers dans lequel je suis ancrée maintenant.

Je ne sais pas si les univers que j'ai traversés sont des réalités alternatives

    Ou des projections de mon esprit.

Je suis lasse. Tout me parait faux, futile, inutile.

Je me contente d'être.

J'entends au-delà de ce qui est.

Je pré-vois sans avoir besoin de sa-voir.

Je suis sans être. Je suis cent être(s).

Je participe sans appartenir.

J'écris la lumière et j'apprends à démêler ce qui reste de noir.

Je me sens très ancienne, et c'est ce que je suis, une très vieille femme, marquée par le temps et par la vie. Je me sens aussi très loin du reste de ce monde, enfin surtout de ces êtres humains qui peuplent le reste de ce monde.

J'ai la sensation de vivre dans une grotte, en sachant comment en sortir. Et je suis sortie. Ce que j'ai vu dehors a été bien trop vaste pour moi.

La solitude qui accompagne la co-naissance a été trop lourde. Je suis retournée me blottir près des miens dans la grotte en me faisant croire, comme eux, que rien d'autre n'existait. Mais les ombres projetées sur les murs n'ont jamais été ma réalité. J'ai choisi de rester enfermée avec eux, pour ne pas être seule. Pour ne pas les voir me rejeter.

Malgré qu'aucune chaine ne me retienne, malgré que je connaisse le chemin, pour l'instant, j'ai peur, j'ai peur parce que je suis seule.

Certaines fois, je me dis que j'ai tout imaginé, qu'en réalité je ne suis jamais sortie de la grotte, j'ai seulement conscience d'un ailleurs qui n'existe que dans ma tête.

Pourtant, je me souviens de tout ce qui s'est passé.

Je me souviens de ce qu'il adviendra.

Je vois tous les chemins des possibles se constituer à chaque instant.

Je me vois m'asseoir et je me vois me lever, en même temps.

Je me vois accepter et je me vois refuser, simultanément,

Chaque décision, quasiment chacun de mes gestes, à chaque instant, je me vois me détacher et évoluer sur un autre plan, dans une autre réalité,
Comme si je m'effeuillais en permanence.

Je le vois chez les autres aussi, comme s'ils étaient transparents.

Les interférences sont devenues quasi permanentes. Je vois les mondes qui se superposent. Je les vois se mélanger. Les habitants se croiser sans se voir, se traverser. Se percevoir un peu, parfois.

Je me suis enfermée dans un mensonge de normalité accablante.

Il est temps que j'en sorte, que je me libère d'une réalité qui n'était pas la mienne. Pour ça je dois accepter ce que je suis, je n'ai plus envie de jouer à faire semblant d'être comme eux, je ne veux plus me mentir.

Je ressens ces autres que je suis. Parfois, c'est si clair et si fort que je sais exactement qui je suis, je sais où je vis, avec qui et ce que j'y fais. Puis elles s'éloignent comme un nuage de fumée, tout s'efface. Et je me mets à douter. Je ne sais plus ce qui est réel de ce qui ne l'est pas.

Dans cette vie, si tout était à refaire, j'aimerais sincèrement faire autrement, mais je ne pense pas en avoir réellement les capacités. Je me déçois, je me vois évoluer continuellement dans une boucle temporelle, une boucle que j'ai moi-même créé et dans laquelle je me suis enfermée. Je suis toujours la petite fille qui erre dans un univers délabré et qui s'enfonce dans du parquet trop mou. Je suis aussi celle qui fait en sorte que le parquet soit mou. Peut-être que rien d'autre n'a existé, peut-être que j'ai tout inventé dans ma tête.

Je dors toujours avec une lumière, jamais le noir complet. J'ai toujours trop peur de m'apercevoir que tout ça n'était qu'une illusion, que je suis toujours enlisée là-bas, au même endroit, dans le noir à suffoquer, que rien de bon n'existe et que je ne m'en suis jamais sortie, à part dans ma tête.

J'ai toujours peur que la lumière de nos vies vacille, s'affaiblisse et disparaisse.

Je suis toujours tellement en hypervigilance que même quand je rêve, j'ai conscience d'être en train de rêver, je perds-sois bien trop.

J'aimerais lâcher, être inconsciente, naïve, ne pas savoir d'avance ce qu'il va se produire, ne pas comprendre, ne pas me souvenir.

Moi aussi, je veux, dans mes rêves, courir dans un champ couvert de fleurs de toutes les couleurs, avec la naïveté de celle qui ne sait pas la transparence de la robe qu'elle porte. Moi aussi je veux m'endormir persuadée que le jour se lèvera et que nous aurons des lendemains. Je ne veux plus être poreuse, je veux me solidifier.

J'aimerais me réveiller sur un lopin de terre qui serait le mien. J'y aurais construit une cabane en bois dans laquelle je dormirais. Je pourrais m'y aménager des espaces vides du reste du monde.

Certains jours, je resterais assise à regarder le vent dans les arbres, d'autres jours je resterais sur le pas de ma porte à écouter la pluie tomber.

J'entendrais aussi les silences que le temps viendrait murmurer à mon oreille.

Je veux pouvoir Capturer des morceaux du temps pour les rendre fixes et ne pas les éroder à chaque fois que j'y retourne. Je veux mes enfants dans des bulles de bonheur protecteur.

Tous ces espoirs, qui comme des vagues m'ont porté. Mais porté vers quoi ? J'ai fini échouée sur une plage. Inutile, insignifiante, perdue dans la multitude des grains de sable et dans les tourments du ressac. Ces croyances infondées qui obligent à une quête. La quête de toute une vie qui finalement ramène au point de départ.

J'ai réussi à stabiliser suffisamment nos vies pour que mes enfants puissent s'envoler dans les leurs.

Je ne sais pas pourquoi j'ai essayé de lutter contre ce destin qui était le mien, j'ai cru que l'amour transcenderait tout ce qui existait.

Je me suis trompée, ma destinée, c'est dans la solitude qu'elle est écrite.

Aujourd'hui, je vois les tempêtes arriver au loin. Je me tiens droite et je les attends. Je ne vacille même plus quand elles arrivent sur moi, les vents, le sable me passent dessus, autour, sans que cela ne m'atteigne plus.

Je me tiens toujours au centre des champs de batailles, mais je ne me bats plus. J'ai compris que ce n'était plus indispensable. Je laisse la vie me porter et étrangement je vois le calme dans la tempête, je vois la lumière à travers les nuages, je vois les couleurs dans la poussière. Je vois celle(s) que je suis. Et j'accepte.

À la fermeture du pub, nous nous sommes tous entassés dehors, sous l'auvent, car la pluie continuait de tomber. Le mouvement du groupe a fait, que je me suis retrouvée sur le bord de la rue.

J'ai regardé l'eau ruisseler sur les pavés un moment. Quand j'ai relevé la tête vers les humains qui m'entouraient, je n'appartenais plus à leur temporalité, je ne comprenais plus leur langage, je ne sentais plus leur chaleur ni même leur présence, l'espace entre eux et moi, c'était accru. Je venais de disparaître de leur réalité.

Je t'ai regardé au loin, je t'ai vu rire de ce que quelqu'un disait près de toi. Tu ne m'as pas vu. J'ai regardé autour de moi, j'ai vu l'averse s'intensifier, les rues se vider, j'ai vu les gens se rejoindre pour s'abriter, je pouvais les voir se toucher.

Comme s'il ne s'agissait plus uniquement des personnes qui m'entouraient, mais comme si c'est la réalité elle-même qui me rejetait, qui me disait que je n'appartenais pas à ce monde que je n'avais rien à faire ici, rien à faire dans la vie de ces gens trop bien pour moi.

J'observais à nouveau tous ceux qui partageaient le même abri que moi, sans pour autant me voir. Les bras ballants le long du corps, comme si j'avais abandonné la lutte, je reculais d'un pas et j'ai senti la pluie tombée sur moi, les gouttes froides ont roulé sur mon visage, alors que je reculais encore d'un pas, je remontais ma capuche sur mes cheveux, ne voyant plus que l'obscurité et ce halo de lumière et de chaleur que j'abandonnais dans un souffle.

Je discerne à peine les lumières de la ville à travers le pare-brise, la pluie tombe trop abondamment pour que les essuie-glaces puissent l'évacuer assez rapidement. Je ne sais plus ni dans quelle ville je suis, ni dans quel monde. Je n'y attache plus d'importance. De la radio émane une musique qui me parait assourdie par la distance alors qu'il n'y a aucune distance. J'ai la sensation que mon corps est en apesanteur dans l'habitacle de la voiture, uniquement maintenu grâce à la ceinture de sécurité. Je roule au ralenti, dans une circulation trop dense. On doit être à la période de noël, il y a des décorations lumineuses partout. Je me sens tellement loin de cette réalité. Je roule sans savoir où je vais, je me laisse porter par la vie et ses synchronicités.

Lorsque j'arrive, ils sont tous là, debout sur l'arrondi que forme la terre, un monticule de pelouse, le jardin glisse en pente douce derrière eux vers la piscine en pyrite (1309 36 0) et les différents bâtiments qui composent la maison. Ils sont propres, bien habillés, ils se tiennent droits.

J'avance vers eux. Je ne discerne pas leurs visages et pourtant à chaque crissement de mes pas sur le gravillon-sable, j'ai des flashs. Je nous vois courir, essoufflés, les cheveux humides de transpiration, je nous vois dans des tunnels sombres, je nous vois sales, blessés. Je nous vois pleurer, implorer, fuir puis se battre. Je nous vois harnachés, je nous vois traverser une forêt. Je vois ce qui nous uni-φ.

Ils agissent avec moi d'une manière qui me fait comprendre qu'ils me reconnaissent, ils savent exactement qui je suis. Comment est-ce que c'est possible ? Comment est-ce qu'ils ont pu rester ensemble ? Les questions se bousculent dans ma tête, mais je n'ose demander à voix haute, j'ai peur que malgré tout, ce soit encore moi qui me fasse des idées dans ma tête, et que rien de tout ça ne soit réel.

Au bout d'un moment, et échanges de quelques mondanités, ils me demandent de les suivre dans la maison, nous traversons des pièces lumineuses et des couloirs plus sombres. Au fur et à mesure que nous marchons la maison se transforme et mes souvenirs reviennent encore plus forts, plus clairs, plus précis, je me souviens notre quête, et les liens qui unissent chacun d'entre nous aux autres.

Nous marchons maintenant dans un ancien village

entouré de montagnes. Tous les murs des maisons, tous les murets qui bordent les routes sont faites de vieilles pierres cubiques. Certaines sont gigantesques, d'autres plus petites, elles sont toutes de formes différentes et s'imbriquent parfaitement les unes dans les autres.

Les rues montent, tout est calme, il n'y a personne pour l'instant. Près du sol apparaissent des halos de lumière orangée qui colorent la brume, l'air est frais, le jour va bientôt se lever. Nous avançons vers les hauteurs, tous les huit réunis, côte à côte (∞). En silence, comme une évidence.

Nous arrivons enfin devant une toute petite porte en bois sombre, chacun est obligé de se baisser pour passer.

J'entre dans une pièce où tous les objets me sont familiers. Chacun d'entre eux fige un endroit de l'espace ou du temps. Chaque objet retient une vie, une histoire, un partage, une perte, une émotion ou une douleur. Un savoir, le savoir. Tout est inscrit dans la matière. Les équations du temple ont été traduites sous une nouvelle forme. Elles ont été matérialisées par les Hommes.

Sans savoir pourquoi je m'approche d'un objet fait de tiges métalliques qui s'entrecroisent et semble emmêlées les unes aux autres. Lorsque je le soulève du socle sur lequel il était posé, je me retrouve dans un espace entièrement noir et vide. Entre mes mains, les tiges de métal se modifies et deviennent de la matière sous forme de fibres qui s'assemble en des losanges en trois dimensions.

Je dois faire se rejoindre les fibres entre elles, mais les forces opposées les rendent difficilement rapprochables, d'autant plus qu'elles ont la capacité de se mouvoir. Ça ressemble à un casse-tête que je dois absolument résoudre, car il s'agit d'une clée.

J'y ai passé des heures, et à la dernière minute, j'ai enfin réussi à les assembler. Je suis épuisée. L'espace autour de moi se transforme, je suis maintenant à l'intérieur d'une pièce sphérique, entièrement recouverte de miroirs triangulaires.

Au centre, de l'eau jaillissante qui s'écoule sur elle-même, de manière sphérique aussi, il en émane une douce lumière bleutée.

Je me vois, je nous vois. Je suis multiple et je suis unique. Je suis moi et toutes les autres. Nous sommes une et toutes simultanément. Ici et ailleurs à la fois.

Nous sommes les points identiques et différents à la fois, d'un tissu extensible à l'infini. Reliées les unes aux autres, dans cet univers multiple, par des fibres énergétiques.

Je vois au loin, l'avenir des mondes en train de se former.

Perchée en hauteur, j'observe mes différentes vies. La multitude de mes destins. Ils se présentent comme des veines ou des racines. Plus ou moins épaisses, plus ou moins visibles, plus ou moins compréhensibles.

Quand l'une de mes vies est en très grand désordre, l'une d'entre nous descend en moi(s) pour ralentir ou stopper les événements chaotiques qui s'y produisent, et remettre de l'ordre. Je dois réparer pour rééquilibrer ce que j'ai brisé. J'ai conscience d'avoir choisi chacune de ses vies et chacune des épreuves que j'y traverse.

Je n'ai plus besoin de traverser des portes, je sais les coordonnées, il me suffit de les penser pour m'y rendre.

Je sais que l'avenir existe de mille et une façons, tout et son contraire sont possibles.

Je suis l'arbre, c'est à moi que je parle à travers cet arbre, pour rejoindre la petite fille que je suis. Je suis celle qui fuit, car elle a peur, je suis celle qui me poursuit et je suis celle qui me protège.

J'ai oublié quel était mon nom véritable, je pense qu'il ne s'agit pas d'un mot, mais plutôt d'une équation.

Le big bang ne se produira pas.

Tout ne se déroule qu'en un point de l'espace et du temps.

Le passé, l'avenir ne sont que des illusions.

Ce qui diffère ce sont les émotions et l'intensité que la gravité leur profère.

La matière n'existe pas.
Le temps n'existe pas.
L'expansion n'est en fait que le frémissement de ce qu'il adviendra.

Les millénaires qui me séparent du reste du monde des humains s'allongent et s'agrandissent à perte de vue sous mes pieds.

Tels une terre en éventail, mouvante, qui m'éloigne d'eux et qui les éloigne de moi, pour n'en faire que de minuscules points à l'horizon, qui finissent par disparaitre dans la lumière.

Lorsque je ne perçois plus aucun humain, ce sont mes désirs et mes besoins que je sens se détacher puis s'éloigner pour disparaitre aussi.

Ensuite, les millénaires disparaissent à leur tour. Il ne reste que la lumière et moi, flottant alternativement dans le vide. La peur laisse place à l'apaisement.

Ma vitesse de rotation se calme puis ralentie, et je finis par arrêter de tourner sur moi-même.

Je flotte, assise dans le vide d'un vaste espace blanc. Il n'y a aucun repère. Rien. Le silence le plus complet. Je suis bien. Il ne se passe rien. Je suis seule dans le vide. Mes pensées sont extrêmement lentes, ça n'a pas d'importance, le temps est suspendu en moi. Tout est calme.

Je viens de revenir au point d'origine. Celui où tout commence et celui où rien ne s'arrête.

Je suis dans un espace vide et plein à la fois, un espace infini et condensé.

Là, où le tout et le rien existent ensemble.

Je flotte, immobile et en mouvement à la fois.

Je re2viens un son, une onde, une particule élémentaire.

Je rejoins le Tout auquel j'ai toujours appartenu.

Je suis seule dans cet univers, et je suis la multitude qui le peuple.

Je suis en immersion, je flotte au son des bulles d'oxygène, et d'un clapotis lointain. Le liquide qui m'entoure est translucide au plus près de mon corps, bleu plus loin et noir encore plus loin. Comme moi. Noire aux extrémités, puis bleue et enfin d'une blancheur translucide en mon centre.

Je suis un assemblage de feuilles extrêmement fines qui s'unissent en un corps souple qui flotte dans l'eau.

Je ne sais pas si je suis dans un océan ou dans du liquide amniotique.

Je n'ai pas envie de me déplacer, je me sens paisible, en paix avec moi-même et avec les éléments qui m'entourent.

Je n'ai plus besoin d'aller chercher l'amour et la lumière, je les porte en moi.

Le temps n'existe pas
    L'espace non plus
        Il n'y a ni matière
            Ni antimatière
Tout est énergies, fréquences et vibrations.

Mon nom est la racine carrée ($\sqrt{}$)
    D'un son et d'une couleur
        D'une odeur et d'une sensation
            D'un crépuscule et d'une vague
                $\div 3.$

À PROPOS DE L'AUTEUR

J'imagine que je ne suis pas la seule à me percevoir dans
le multivers.

J'imagine que je ne suis pas la seule à me souvenir de ce
qu'il adviendra.

Multivers1618@gmail.com